# ダンテ『神曲』における数的構成

藤谷道夫

慶應義塾大学教養研究センター選書

# 目　次

はじめに ………………………………………………… 5

## 第1章　一ドル札に隠された数の象徴 ……………… 7

## 第2章　古代・中世における数の思想 …………… 17
1. 自然界のあらゆるものの背後に数がある
2. キリスト教における数の意味──数が神へと導く──
3. 神の御心を解く鍵としての数
4. 自然界に潜む《数》と創作活動
5. 数とは《性質》や《出来事》を表わす表徴数である

## 第3章　聖書における数の読み解き方 ……………… 31

## 第4章　『神曲』はなぜ数に従って構成されているのか　43
1. 構成の意味
2. 近年目覚ましい発展を遂げた『神曲』の数的研究
3. 『神曲』の詩の形式：聖数《3》
4. 『神曲』における微視的構造と巨視的構造の照応：聖数《1》
5. 最小から最大まで第一の基本単位：《1》と《3》

## 第5章 『神曲』——照応世界—— … 55
1. 場所の照応
2. 脚韻の照応
3. 脚韻数の照応
4. 歌章の詩行数の照応
5. 詩行数の照応
6. 『神曲』の第3の基本単位:《7》と《17》
7. 自己相似性の構造
8. 自由意志

## 第6章 『神曲』の内部システム … 73
1. 罪を表わす象徴数《11》
2. 象徴数《5》の意味
3. 地獄篇における「愛amore」
4. Amoreの規則的な配置
5. シンメトリーの中のシンメトリー
6. ベアトリーチェ数《3》と《9》=《39》

## 第7章 ゲマトリア（数値等価法）による解法 … 93
1. Beatriceのゲマトリア数61による構成
2. Dante Alighieriのゲマトリア数118による構成
3. 『神曲』の各篇に表わされるゲマトリア数

結び … 103
文献一覧 … 105

# はじめに

　　宇宙という書物は数学の言葉で書かれている。
　〜ガリレオ・ガリレイ（1564-1642）『ガリレオ・
　ガリレイ全集 Le opere di Galileo Galilei』VI, 1968, p. 236 〜

　古代や中世のテキストにおいて非常に重要な役を担っていた数は、近代以降、科学の発達とともに忘れ去られた。ダンテが中世最後の詩人であるように、数の伝統も『神曲』とともに終わりを告げる。現代から見れば、不思議に思われるかもしれないが、中世の文化的伝統はルネサンス、啓蒙主義を経ることで忘却されていった。近代のヨーロッパは中世的なるものを忘れ去ることを目指していたからである。抹香臭い中世の「暗黒の時代」から脱却し、「光の時代」へと突入していった。西欧そのものが近代化に努めるあまり、中世の人々の発想そのものも失われてしまったのである。その結果、中世研究に携わるのは僅かながらの神学者だけになってしまった。

しかし、それも20世紀になると終わりを迎える。まず中世の歴史的研究が勃興し始め、それが1960年代以後、文学の分野にまでやっと広がりを見せてきた。中世研究の発展に伴って、忘れ去られた数の伝統が忘却の彼方から思い出され始めてきたのである。

　本書は『神曲』の数的研究の最新の成果を紹介しながら『神曲』の数的構成を総合的に解説するものである。中世キリスト教の伝統の中で哲学的・文学的な意味づけを考察しながら、かつていかなる詩人も企てたことのないダンテの壮大な構想を解き明かしてみよう。日本文学の伝統にはまったく存在しない、まったく異なった世界が広がっていくはずである。このような文学の在り方があるのかと、認識を新たにしてもらえれば、本書の務めは果たせたことになる。ダンテに入る前に、数の象徴学が今なお生きている解りやすい例を取り上げてみよう。

# 第1章

# 一ドル札に隠された数の象徴

　一ドル札のこの裏面の図をさらに拡大したものが図1である。右側にはゼウスの鳥——古代ローマ帝国の象徴でもある——鷲、ネイティヴ・アメリカンの崇拝する偉大なハクトウワシが描かれている。アポロ11号の月面着陸船がEagleと名づけられたのも、鷲が米国の国鳥だからである。鷲は、神性が時間の中に降り来て形を取ったものとみなされる。

　鷲の胸には縦と横のストライプの入った徽章が描かれ

図1　一ドル札の裏面

ているが（図2）、①白とストライプの数を数えてほしい。②鷲が左脚で握っている矢の数はいくつだろう。③鷲が右脚で握っている月桂樹の葉の数、④葉にくっついている滴の数はいくつだろうか。⑤鷲の頭上にある星の数を数えてみよう。⑥鷲が嘴にくわえている文字（E pluribus unum）の数はいくつだろう。このラテン語はアメリカ合衆国のモットーである「多くのものから一へ」→「衆をもって一を成す（連邦制）」（L'unione fa la forza.）を意味している。多様な者が集まり、一つとなること、多様な者の統一こそ、最も大きな力を生みだす原動力となることを謳っている。さて、この6つの問いの答えはすべて《13》である。

図2　一ドル札の鷲

次に、この図柄を説明してみよう。鷲は左脚に13本の矢を持ち、右脚に13枚の葉が付いた月桂樹の枝を持っている。矢は《戦争》を表わし、月桂樹の葉は《平和》を表わしている[1]。つまり、アメリカの二つの活動の側面を象徴しており、《矢》で戦争の原理を、《葉》で平和的な対話の原理を表わしている。そして大事なことは、**鷲がこの月桂樹の方を向いている**点である。鷲の右脚に月桂樹の葉を握らせているには意味がある。右[2]は《正しいright》方向だからである。アメリカの建国者たちは、自分たちの子孫が戦争よりも平和的な対話や外交を大事にしてほしいと望んでいるのである。ただし、運悪く、それがうまく機能しないときに備えて、鷲は左脚に矢を持っている。

　鷲の頭上には、13の星によってソロモンの封印、ダヴィデの星が描かれている。これは12の点と1つの中心点からなる三角形の組み合わせでできている。このソロモンの封印は、上の頂点と下の頂点、そして4方向の頂点の6つからなっている。これこそ民主主義の原理である。上（の地位）にある者も、下（の地位）にある者も、東・西・南・北のどこにある者も～すなわち、どこ

---

1) 中世以来、平和や講和の使者は月桂樹の枝を持った姿で表現された。古来、月桂樹は平和の象徴とされた。中世やルネサンス期の絵画には月桂樹の枝を手にする天使が描かれている。
2)「右の」という形容詞はラテン語の *dexter* 以来、イタリア語の destro やフランス語の droit、英語の right に見るように、「正しい」という意味を併せ持ち、反対に「左の」は、ラテン語 sinister（イタリア語 sinistro）に見るように、「邪悪な」の意味を併せ持つ。このため、誓いには右の手を差し出す。

第1章　一ドル札に隠された数の象徴　9

に住む者であろうと〜発言でき、真実を語ることができる。そして中心にある理性を中心原理として、全員が全体に参画し、全体を形作る。これが民主主義の考え方である[3]。

　鷲の尻尾には9本の尾羽が付いている。9という数字は神の力が地上に降りることを象徴する数であり、《神の奇跡》を表わす。3は三位一体数であり、9は同じ三位一体を掛けてできる数である。一ドル札中央には合衆国の標語──In God we trust.「われわれは神を信じる」──が書かれている。建国者たちは国民全員が神に対する信仰を有していることを前提としている。アメリカは有神論の国家であると。では、次にもう一つの絵柄において同じ質問をしてみよう（図3）。⑦ピラミッドの上のannuit coeptisの文字はいくつだろう。⑧さらにこのピラミッドは何段あるだろうか。この二つの質問の答えも同じく《13》である。ピラミッドの階層は13段ある。その一番下の基層にローマ数字が刻んである。MDCCLXXVI（1776年）と記されている。この年の7月4日にアメリカの《13》の州が独立宣言を行なった。これで、なぜすべての数が13で統一されているのか、その理由が了解されよう。だが、重要なことは13という聖なる数字が先にあったという点である。建国者たちは奇しくも1776年に独立を宣言した州の数が13であったことに、偶然を超えた神の摂理を読み込んだのである。《13》という数字は、伝統的にキリスト教では聖

図3　一ドル札のピラミッド

なる数を表わす[4]。《10》はモーセの十戒を表わし、旧約の世界を象徴している。《3》は三位一体の神を表わし、新約の世界を象徴している。この二つの数の結合数《13》は旧約と新約の世界を統合した象徴数となる。また、キリストの最後の晩餐に集ったのは12人の使徒とキリストであり（12+1）、そのキリストはいったん死んで甦ったと信じられている。また、《13》は12進法での12という限界から脱出した超越界に入ることを示す

---

3）一ドル札の国章に興味ある方は、ジョーゼフ・キャンベル＆ビル・モイヤーズ『神話の力』早川書房、2011年、82-91頁を合わせて参照頂きたい。
4）現代では《13日の金曜日》に見るように、不吉な数として認識されているが、それは20世紀におけるハリウッド映画の影響によるものであり、伝統的なものではない。

第1章　一ドル札に隠された数の象徴　11

数でもある。(時計は1から12までである。)宇宙に目を向ければ、黄道には12宮があり、そして太陽がある(12+1)。このように古来、《13》は聖なる特別の数とみなされていた。そしてアメリカ合衆国が独立するとき、州の数は《13》であった。建国者たちはここに神の見えざる手が働いているのを感じたのである。だからこそ一ドル札に《13》を鏤めたのであり、その逆ではない。

　数字の下には《17》[5) 文字のNovus ordo seclorum [6)]「世界の新秩序」→「新しい時代(世界)の幕開け」という標語が掲げられている。アメリカこそが「世界の新しい秩序」だと宣言しているのである。そして上の標語annuit coeptis [7)] は「われわれが始めた事業に同意して頂いた(賛意を表した)」という意味である。この動詞annuitの主語はピラミッドの上にある「神の目」(または「理性の目」)と考えられる。「神聖な力」がわれわれの行為を是認してくれたと言っている。ピラミッドの後ろを見ると、砂漠が拡がっている。ピラミッドの手前には植物が生えている。砂漠は、不毛の世界、荒廃した旧世界を表わしている。われわれはそこから抜け出して、神が理性によって世界を創造したように、われわれも理性の名において一国を創造し、創建したことを語っている。その新秩序の後には、植物や花々が芽生え始めたという図柄である。

　この絵柄の最大の謎はピラミッドの上に開かれた《目》である。これはフリーメイスン [8)] の図像とも言わ

れているが、フリーメイスンではない筆者は、以下のように自分なりに解釈している。ピラミッドは4つの稜線を持っている。これは東西南北の4方向でもある。ある方向に誰かがいる。別な方向にも誰かがいる。このピラミッドの低い次元にいる限り、われわれはこちら側にいるか、あちら側にいるかのどちらかである。《私》は「こちら」、《あなた》は「あちら」、《彼》は左、《彼女》は右という具合である。皆ばらばらに存在しているように見える。しかし、頂上まで登りつめれば、4つの稜線は一つに合し、その一点に《神の眼》が開く。

　視力の弱い者はピラミッドの麓の低い次元にいて、《私》は「男」であり、《あなた》は「女」であり、《あなた》と《私》は年齢も名前も違うと思っている。しかし、高い次元に登れば、これらの稜線すべてが一点に結ばれ、《あなた》と《私》が、《彼》と《彼女》が一つのものだと判る。ピラミッドの下にいる者が見る風景と、ピラミッドの頂から見る風景は本質的に異なっており、

---

5）17は、完全数10（神の掟）＋7（恩寵数・聖霊数）が結合した聖なる数（*lex+gratia*）である。
6）seculumは近世ラテン語（または教会ラテン語）であり、古典ラテン語ではsaeculum（ギリシャ語のαἰών に相当する）。
7）coeptumはアウグストゥス以降、複数形で「企て、計画」の意味でよく用いられる。
8）16世紀から17世紀にかけて作られたと推測される友愛結社であり、自由、平等、博愛、寛容、人道を基本理念とする。初代大統領ジョージ・ワシントンを始め、アメリカ独立宣言の起草委員の一人であるベンジャミン・フランクリンがフリーメイスンであったことはよく知られている。ピラミッドと目の組み合わせがシンボルとしてよく用いられ、1789年のフランス人権宣言の絵の上部にも見られる。フリーメイスンに関する最新の著作として、竹下節子『フリーメイスン──もう一つの近代史──』（講談社選書メチエ）がある。

まさにブレイクが語っている通りである。

> 愚者が見ている樹は、賢者が見ている樹とは同一ではない。
> 〜ウイリアム・ブレイク（英国の詩人：1757-1827）〜

《あらゆるものがあらゆるものであり、それぞれのものがあらゆるものである》[9]ことに気づく点こそが、この頂きである。そこでは《あなた》は《私》でもあり、《私》は《あなた》でもあり、《お互いがお互いの一部》であり、《あなた》と《私》を分かつ境界線は存在しない。これを真に会得した人は《視覚の鋭い者》、《目覚めた人》と呼ばれる。そして、そこに「神の眼」が開く。このピラミッドの頂まで達し、目覚めた人は、低い次元に再び戻って、あなた方はバラバラではなく、《あなた》は《私》であり、私は《彼》でもあり、《彼女》でもあると説く。目覚めた人は「あなたの敵を愛することは、あなた自身を愛することである」と呼びかける。しかし、低い次元に留まっている人は、そんな馬鹿な、《あなた》と《私》は別人ではないか、《彼》はあくまで彼であり、私は《彼女》ではないと主張する。しかし、ピラミッドの頂きに立った者は、《私》と《あなた》と《彼》と《彼女》が一体であることを知っている。

なぜなら、かの世界［直知界：叡智界］では、**他者において自己自身を見るからである**。つまり、そこではすべての

**者がすべてのものを自己の内に有してもいるし、また他者の内にすべてのものを見る**のでもあるから、あらゆる所にはあらゆるものがあり、あらゆるものがあらゆるものであり、またそれぞれのものがあらゆるものであって、その輝きは無限である。(中略) 一方、この世界（現世）では、ある部分が別の部分から成り立つことはできぬだろう。それぞれの部分は、単にその部分であるに過ぎないからであるが、かの世界では、それぞれの部分が常に全体から成り立ち、**それぞれであると同時に、全体でもあるのだ。というのは、それぞれは、確かに、一部分として現われるのだが、視覚の鋭い者は、その内に全体を認めるのである。**
　　～プローティーノス（205?-270?）
　　『直知される美について』V, 8［31］第4章～

　数的象徴から話が脱線したが、このように数が絵柄の構成要素として極めて重要な意味を担っていることが、それどころか、数的象徴の知識がなければ、絵柄の何も読み解けないことがお判り頂けたであろう。次に予備的考察として、古代や中世の人々にとって《数》とはいかなるものであったか、西洋特有の数の考え方について簡単に概観しておこう。

---

9)「すべてがわたくしの中のみんなであるように、みんなのおのおののなかのすべてですから」（宮沢賢治『春と修羅』序）

# 第2章

# 古代・中世における数の思想

1. 自然界のあらゆるものの背後に数がある

　古代から中世に至るまで《自然界の奥底には数が潜み、それが自然の現象を統御している》と信じられてきた。（どんな物体が自然落下しても、それは万有引力の数式に従うように、これは現代の物理学にも受け継がれていく考え方だが、その扱われ方は異なる。）簡単な例を挙げてみよう。ほとんどすべての花において、花びらの数は3, 5, 8, 13, 21, 34, 55, 89……という奇妙な数列のいずれかになる。（四葉のクローバーが重宝がられるのは、この自然界のパターンを逸脱しているため。）古代や中世の人々は、こうした数の顕われを自然が人間に残した手掛かりとみなし、自然界の秩序（パターン）は数によってその本質を外に顕わすと考えた。例えば、ギリシャの数学者はすでに1世紀に次のような考え方を残している。

万物がその本性上、宇宙の中で組織的に整えられており、部分においても全体においても数と照応して秩序づけられているのは、神の知性と深慮の御業のためである。そのパターンは、事前のスケッチのように、世界の創造者である神の御心の中にあらかじめ存在する数の支配によって決定されていたからである。数はあるゆる意味において観念において存在するものであり、非物質的なものであるが、**また同時に外界において真実と本質を示すものでもある**。そのため、芸術的なプランと同様に、時間、運動、天球、恒星、あらゆる種類の循環（回転）といった**万物は数に基づいて生みだされる**のである。
　　　　　〜ゲラサのニコマコス
　　　『算術入門 ἀριθμητικὴ εἰσαγωγή』I, vi, 1-2 [10]〜

算術の研究は梯子や橋のようなものである。この梯子や橋を通してわれわれは感覚によって知覚された物事を《知性と理解力》によって理解することができるようになるからである。そして、この梯子や橋は物質的な物事からわれわれの感覚にとって未知の物事へ、さらにわれわれの魂にとってより近い非物質的で永遠不滅なる世界へ導いてくれるのである。
　　　　　〜ゲラサのニコマコス
　　　『算術入門 ἀριθμητικὴ εἰσαγωγή』I, iii, 6 〜

　神は霊的で非物質的な存在だが、数も同じく抽象的で非物質的なものである。そのため数は神が用いるに最も似つかわしい手段であると同時に、両者に共通するその性質から数は神に至る「梯子」と信じられていた。上記

の引用の考え方がキリスト教の文脈に移し替えられると、「神の御心」と「現象界」を繋ぐ「橋もしくは梯子」が《数》となる。こうした思考法は中世のキリスト教にも受け継がれ、数を追うことで自然界の製作者である神の御心（意図）を探ることが可能になると考えられた。フランチェスコ会のボナヴェントゥーラは「数を通して神に近づくことができる *Numerus ducit in Deum.*」と述べている。

## 2. キリスト教における数の意味──数が神へと導く──

> すべては数でできている。（中略）数はすべての人にとって最も明らかなものであり、神に最も近いものであるから[11]、**人はいわば7種類の数**を通して神の最も近くまで導かれゆく。われわれが数的なものを知覚するとき、あらゆる物体的・可感的事物において、数はわれわれに神を認識させるのである。
> 　　　　　　～ボナヴェントゥーラ（1221-1274）
> 『神に至る精神の旅路 *Itinerarium mentis in Deum*』II, 10 ～

---

10) この作品はマルティアーヌス・カペッラ（『文献学とメルクリウスの結婚』第7巻）、ボエーティウス、カッシオドールス、イシドールス、ベーダ、アルクイン、オーヴェルニュのジェルベール（教皇シルウェステル2世：946-1003）、サン・ヴィクトールのフーゴーにまで影響を与えている。(Hopper:98)
11) 数が人に歓びを与えるのは、このためである。神は喜びであり、神に最も近いものである数は、それ故、喜びをもたらす。音楽や詩歌などが一定の調和あるリズムからできているが、リズムとは時間の数であり、絵画や彫刻は空間の数だからである。

さて、自然界における花びらの数の問題だが、花びらの数は、その前の2つの数字を足した数になる。3+5=「8」、5+8=「13」、8+13=「21」、13+21=「34」……というように、前の2つの数を足した数が、次の花びらの数を決めている。中世の人々は、いわばこうした秩序に製作者である神を見たのであり、調和やパターン（秩序）に従って、神はこの宇宙を創造したと考えた。このとき、数は自然の謎を〜すなわち、その製作者の意図を〜探る道具・手段となる。キリスト教徒は、数が神と人間の間にかかる橋のようなものとみなす古代の考え方を取り入れて、この思想をキリスト教化したのである。キリスト教徒にとって世界・自然・森羅万象は神の意志と意図を映す鏡であり、人間を神的なものへ目覚めさせ、神へと近づけるために神が配慮した手がかりであった。それゆえ、人はこの「印・徴」を決して見逃してはならないとされる。

### 3. 神の御心を解く鍵としての数

　この思想に従えば、数の徴を見逃したり、数が解らないならば、神の御心も解らないことになる。アウグスティーヌスは、数が解らない者は神には近づくこともできなければ、近づく資格もないと記している。

　数の法則と真理を知らなければ、知らないほど、人は誤謬に陥る。

〜アウグスティーヌス（354-430）
『自由意志について *De libero arbitrio*』II, 8, 20 〜

「罪の中にある人間は神によって創造された世界と真の関係を失ったのであり、それは同時に創造者との合一に回帰する手段として物質世界で多様な数を使う能力を失ったことを意味したのである。」[12]

聖書には、数の学に精通している者でなければ、数の外的な姿の下に隠された意味を明かすことができないような数が他にも存在する。またわれわれも、ある意味、数の法則下にある。数を通してわれわれは時を定め、月日の流れを数え、年が巡るのを知るからである。数の指示があるからこそ、われわれは混乱を避けることができる。**万物から数を取り去れば、万物は消滅する**。世界から計算を奪ったなら、すべては無知の無明の中に包まれてしまう。計算という理性の働きを持たぬ者は動物と何ら変わるところがない。
〜セヴィリアのイシドールス（556/71-636）
『語源 *Etymologiae sive origines*』Ⅲ, 4, 3-4 〜

「中世の人々にとって数は自然界の中に余りに深く浸透していたために、理性を持つ人間は誰であれ、数の持つ真実を理解できると信じられていた。それゆえ、物質世界に数を読み取る能力がないということは解釈

---

[12] Guzzardo 1987: 6.

の可能性を失うことであり、本質的に罪であると定義されるに等しいものであった。(中略) 神の痕跡は人間が感覚によって知覚する創造物の中に映し出されている以上、数という手段を用いて神の痕跡は解釈され得るのであり、かくして**創造主に回帰するために用いられる手段が数となる**。神が残した手がかりである数を読み取る能力を欠くことは宇宙の調和から外れていること、神から引き離され、分離されていることを意味することになった。」[13] なぜなら、ボナヴェントゥーラの引用にあるように、数は神に最も近いものであることより、人は数を通して神の最も近くまで導かれゆくからである。数は、まさに人間を神へと導くものであり、数はわれわれに神を認識させるものだからである。従って、数が「解釈の鍵」としての側面を持つ以上、『神曲』という作品を読み解くとき、数は解釈の手がかりを与えるものとして読者に与えられているのである。自然科学者が自然の中に手がかりとして数のパターンを追い求めるように、ダンテは『神曲』という自然の雛形の中に読者に対する手がかりとして数を残している。このおかげで読者は数を手がかりに、ダンテの指し示す目的地に到達することが可能となる。ダンテが、数による構成にこだわるのは知的遊戯からではなく、玄妙な神の世界—神秘の自然—を写し取るために他ならない。現代的な思考に囚われて、この発想が理解できない限り、『神曲』を読み解くことも、そ

の世界を理解することもできない。科学は、近代において突然生み出されたような印象を一般に与えているが、現実はそうではない。近代の科学を生む温床は、この中世の考え方の中にすでに用意され、胚胎していた。なぜヨーロッパでこれほど自然が観察されたのか、なぜ何の経済的見返りもない天文観測に多くの人がその人生を費やしてきたのか。また、中国が高度な文明を誇りながらも近代以降衰退していく一方、ヨーロッパ文明は物理学と数学の融合を成し遂げて興隆を極めることになったのか。それは、神のしろしめすこの大宇宙を仔細に観察すれば、神の残した痕跡から神の意図、神の設計図、神の御心の一端を窺い知ることができるという宗教的な動機がその根底にあったからである。近代科学がニュートンによって完成された後、宗教的動機が希薄化し、忘れ去られたために中世が科学に果たした貢献もともに忘却されただけであり、ケプラーやニュートンの著作には神の見えざる手を読み取ろうとする情熱があふれている。これらの科学者を突き動かしてきた真の動機は、まさにキリスト教の神に対する畏敬の念であり、神の御心を知ろうとする情熱なのである。

---

13) Guzzardo 1987: 5.

## 4. 自然界に潜む《数》と創作活動

> 数は、創造主の精神のうちにあっては、主要な雛形である。
> 　　　　〜ボエーティウス（480頃-526）
> 　　　　『算術について *De arithmetica*』I, 1 〜

従って、創造主が《数》という雛形を使ってこの宇宙を創造した以上、人間界の創作者である芸術家が従うべき原理は、必然的に自然界の製作者の用いる原理と同じものとなる。すでに人間のあらゆる芸術活動には数の原理が見出されることを古代の哲学者は喝破していた。

> 数の本性とその力の働きは、超自然的で神聖なる存在の中に見いだされだけでなく、人間のすべての活動と言葉の至るところに、あらゆる創作活動を通じて、また音楽の中にも力を振るっているのが見い出される。[14]
> 　　　　〜フィロラオス（B.C. 5-4世紀）〜

この思想はキリスト教に受け継がれ、アウグスティーヌスの次の名文に結実している。

> 天と地と海と、その中にあるもの、その上に輝くもの［星辰］[15]、その下に這うもの、飛ぶもの、泳ぐものを眺めよ。**これらはみな数を持つが故に、みな形を持っている。数を取り去れば、もう何も残らない。それらは数の創造者［神］に依らなければ、存在することはできないのである。**（中略）芸術家の手を動かしているのは誰かと問うてみよ。

それは数であろう。なぜなら芸術家の手も数に従って動くからである。（中略）形ある物の美に注目してみよ。それは空間の中に含まれる数である。動く物体の美に注目してみよ。それは時間の中に広がる数である[16]。（中略）君は芸術家の魂をも超えて、永遠の数を見よ。そのとき、智慧はその内なる住まいから、真理の聖所から、君の上に光り輝くであろう。

〜アウグスティーヌス（354-430）
『自由意志について De libero arbitrio』Ⅱ, 16, 42 〜

　神が創作者Authorであるように、芸術家も自己の作品に対する創作者authorである。この関係にあるとき、芸術家が従うべき原理は神の用いる《数》と《幾何学》になる。（中世では神は至高の幾何学者とみなされていた。）かくして、中世最大の作品『神曲』もすべて数と幾何学を基本として構成されることになる。「アウグスティーヌスにとって肉体や物体が《時間の中に存在する束の間の数》であるのに対して、神のイデアは《永遠の数》を表わす。そして、創造的活動を通してのみ、その永遠の数の痕跡が物質世界の中に啓示・刻印されることになる。これと同じく、芸術活動を通して霊的な数の観念は創造された作品の中で感覚に顕わなものとなる。ア

---

14）Diels & Kranz 1971: 412, ストバイオス『自然学抜粋集』I, prooem. cor. 3.
15）なお、本書における［　］内の解説はすべて筆者のものである。
16）建築や彫刻は《空間の数》であり、音楽は《時間の数》であるという意味。

ウグスティーヌスは**すべての芸術的創造は数の法則に従う**と信じていた。真の芸術家は単に芸術活動の数学的な法則を扱う人というだけでなく、その法則を心得て、見る者にはっきりとその原理を反映させるような作品を作り出すことのできる人のことである。もし最適に作り上げられたなら、芸術的創造はその外観を通して、見る者をその内なる形式の美へと誘うだろう。（中略）このようにして神の創造において見い出された超越的性質が人間の芸術的作品を通して同じく啓示され得るのである。」[17]

　ダンテが数の哲学に重要性を置くのは、言うまでもなく、それが真の芸術的創造と深く係わっているからである。数は頭の中に存在する観念を、感覚において捉えられる作品に変える芸術活動の（過程の）一端を担っている。言わばそれは《観念の視覚化》と言える。

　「このため、創造主の行為を真似ようと望む芸術家は、なべて自分の作品の形式的側面に数を適用させなければならなかった。神によって創造されたすべてに数的法則が見い出されるのと同じように、ミクロコスモスである彼の作品もその構造と構成を通して、見る者に聖なる数を反射するものでなければならなかったからである。」[18] すべての被造物の形態的側面に加えて、象徴的痕跡として数を解釈することはさらに重要となる。「『神曲』の語りの中に解釈されるべき暗示として象徴的な数を使用することは、単に真理の霊的直感を読者にもたらす手

段というだけではなく、その啓示を通して巡礼者ダンテが到達したゴールと同じゴールへ読者を導くことのできる救済のテキストを作り出す手段でもあった。」[19]

　それゆえ、ダンテの数の使用は次の動機を持っている。
（1）創作上の構成原理としての数
（2）読者への解釈の鍵としての数

作品を支える構造を担う（1）はシンメトリーや数のパターンに明確に見て取ることができる。（2）は解釈を助ける補助線の役割を果たすこともあれば、神の隠された摂理やメッセージを告げる役を果たしている。この隠された数的照応を通じて人間は神的な高次の真理へ導かれることになる。《自然界のすべてが記号として世界の秩序を秘めやかに告げている》と信じるダンテにとって、自然界が数を通して語りかける世界の秘密を読み解くことが詩人の役割だったからである。かくして『神曲』には彼が読み解き、理解した自然観・宇宙観が詩行の背後に織り込まれ、詩の持つ意味の下に調和ある完璧な宇宙の全姿が投影されている。次に、数が意味するものについて説明しておこう。

## 5. 数とは《性質》や《出来事》を表わす表徴数である

　古代や中世のキリスト教徒が考える数は、われわれ現

---

17) Guzzardo 1987: 7.
18) Guzzardo 1987: 8.
19) Guzzardo 1987: 9.

代人が数について抱く概念とは異なっている。例えば、次の引用を見ていただきたい。

> 《3》はピュータゴラース派によれば、三部分から成り立ち、始めと中と終わりを有し、《全宇宙の数》である。
> 〜アリストテレース『天について De caelo』I, 10 〜

「3が全宇宙の数である」と言われる時、この数がわれわれ現代人が日常的に用いる数とは違っていることに気づくであろう。それはある出来事や性質を表徴するもの（内的な性質が外に象徴的に表われ出たもの）である。次の引用も同じ使い方がなされている。

> 6はそれ自体で完全な数である。神が万物を6日間で創造したからではなく、むしろ逆が真なのである。つまり、この数が完全であることから、神は万物を6日間で創造したもうたのである。たとえ6日間の御業が存在しなかったとしても、6は完全数であったろう。
> 〜アウグスティーヌス『三位一体論 De trinitate』〜

われわれ現代人にとって数は何よりも《量》であるが、古代や中世の人々にとって数は《象徴数》であり、内的本質を外界へ顕わにする《表徴》であった。では、表徴としての数とはいかなるものであろうか。ダンテは自作の『饗宴』第4巻24章6においてプラトーンが81歳まで生きた理由を説明している。それはプラトーンこそは

完成された人間であったため、81歳まで生きて理想の年齢を成就したのである、と。それゆえ、「もしキリストが十字架に架けられることなく、自然に従ってその齢を重ねたなら、必ずや81歳まで生きたであろう」[20] と述べている。ここに典型的な中世の発想が見られる。われわれ現代人はプラトーンは生来肉体的に強く、精神的に健康であったため、当時では珍しく81歳まで長生きできたと考えて終わりである。そこに何か特別の意味を持たせたりはしない。しかし、中世の人であるダンテはこの世の事象をすべて暗号として捉えており、真実は内に隠されているものの、現実界の現象の中に表象として顕現すると信じていた。それゆえ、プラトーンが81歳まで生きたという事実は偶発的なものではなく、プラトーンの内的性質が81という形を取ったのであり、形而上学的な真実が《数》を通して現象界に現れ出たと解する。つまり、肉体的・精神的に完全な人間の内的本質が、《81》という数によって外に姿を現われ出たと考えるのである。このとき、《81》は「内的本質を外界へ顕わにする表徴」とされる。本書で論じている《数》は、現代的な意味での《数学》ではなく、数の裏に隠れた形而上的な真実を読み解こうとする《数の学》、《数の哲学（数についての考察）》、数がどのような意味を持つかを論ず

---

20) Dante 1995a: 823.

る《数の意味論》である。従って、現代の学校で習うような数学ではないため、数学が得意でない筆者のような者でも扱うことができる。

　数が重視された理由についてはすでに述べたが、最後にもう一点だけ付け加えておこう。現象世界の事象がすべて時間の影響を被るのに対して、《数》と《光》だけは時間の影響を受けることなく、時間の外に存在する。この神的・天的な性質から、現象界にありながら形而上的な世界を認識しうる最も強力な手段が《数》と《光》[21]であると考えられた。

　話を81に戻すと、81は《9》だけから成り立つ（$9^2$）と同時に、合計秘数（位を無視して数だけ取り出し、合算して得られる本質数）も《9》そのものである。三位一体を表わす3の二乗である《9》は「奇跡の事象」を象徴する聖数とみなされるが、《81》はその《9》の二乗であることより、中世では更なる強調形とみなされた（中世では数を倍加したり、ひっくり返してキアズムス数とすることで強調していた）。こうした理由から、ダンテは特別な意味を持たせて《81》を用いているのである。

---

[21] 実際、現代物理学でもアインシュタインの有名なエネルギーと物質の等価式「$E=mc^2$」にはc（光）が登場する。質量に光速の二乗を掛けたものが物資エネルギーを決定するように、古代からヨーロッパでは光は特別な存在〜神は光そのもの〜とみなされてきた。

# 第3章

# 聖書における数の読み解き方

数に通じていないと、聖書の中で隠喩的・神秘的に述べられた多くの箇所が理解できない。(中略) 聖書の中で多種多様な数の形によって比喩に基づく秘儀が述べられているが、数に関する知識を欠いていると、秘儀は読者に閉ざされたままとなる。
〜アウグスティーヌス
『キリスト教の教え De doctrina christiana』II, 16, 25 〜

中世の人々における《数》が《量》ではなく、《性質》や《出来事》を表わすことを、新約聖書を例にして説明してみよう。

シモン・ペトロが船に乗り込んで網を陸に引き揚げると、**153**匹もの大きな魚で一杯であった。それほど多くの魚が取れたのに、網は破れていなかった。
〜『ヨハネ福音書』21, 11 〜

これは、イエスに命じられてペトロが網で魚を取る場

面である。ここで《153》匹という数がでてくるが、この数は、われわれ現代人が抱くような字義的な意味での数ではない。古代からの伝統で、秘儀的な数は《性質》や《出来事》を表すものであった。もしこのとき、「数に通じていないと、聖書の中で隠喩的・神秘的に述べられた多くの箇所が理解できない」と述べていたアウグスティーヌスはこの《153》についてこう解説している。

「もしあなたが1から17まですべての数を段階的に足していくと、どうなるか。（中略）合計153になるのである。」
〜『詩篇注解 *Enarrationes in Psalmos*』49, 9 〜

つまり、解りやすく書き直せば、こういうことである。

1 + 2 + 3 + 4 + 5 + 6 + 7 + 8 + 9 + 10 + 11 + 12 + 13 + 14 + 15 + 16 + **17**=153

上記のように、1から17の連続した整数列の和は《153》になる。しかも、この《153》は、1 +（1×2）+（1×2×3）+（1×2×3×4）+（1×2×3×4×5）という連続整数列の積でもあると同時に、$1^3+5^3+3^3$に分解され得る。この場合、《153》は、自らの各数字1, 5, 3を、キリスト教にとって最も重要な数である三位一体の3乗倍して自らの数字となる特別な数でもある。さらに、《153》を因数分解すれば、3×3×17（= 9×17）

となる。これにもキリスト教的な意味がある。《17》は、キリスト教では《神の法》を象徴する《10》に《聖霊（恩寵）》を象徴する《7》の結合数（*lex et gratia*）だからである。このように、ある一つの数字が優美にして単純な算術的性格を持つとき、その数は特別な数として秘儀的・秘教的な地位を獲得する。連続整数列の和や積が特別な数としてよく用いられた[22]が、これらの数はすでにピュータゴラースの時代以前から知られており、聖書もこうした伝統を取り入れている。聖書に表われる数は字義的な数ではなく、一つの意味内容を表す《質的なもの》であり、《出来事》を象徴している。だからこそ、この伝統に従って、ダンテは自分の愛する女性ベアトリーチェのことを「彼女は《9》であった」（Dante 1995b: XXIX［XXX］）という言い方をするのである。なぜ《9》と呼ぶのかと言えば、ダンテ自身の説明に従えば、9は他の数の助けを借りることなく、三位一体どうしを掛け合わせて作り出すことのできる（3×3 = 9）唯一の数だからである。そのため、9は「奇跡の現象」を表わす象徴数となる。このように、数はあくまでも霊的な意味や現象、出来事を指している。

　話を戻すと、それでは『ヨハネ福音書』の《153》に

---

[22] 例えば、プラトーンは『法律』で彼の理想とする国家にはちょうど《5040》人の人間が住むべきだと述べているが、この値は最初の《7》つの整数の積 1×2×3×4×5×6×7=5040 によって得られる数（7個の整数の積）であり、59個の因数を持つ。『国家』においても 216 など多くの象徴的な数が用いられている。

いったい何が象徴されているのであろうか。「聖言では数字はすべて事柄を意味している」[23)]ことより、《神の網に掬い取られたもの》という文脈から、《神から選ばれし者》が象徴されている。「シモン・ペテロが網を陸に引き揚げると153匹もの大きな魚で一杯であった」とは、つまり、《神の網にかかって救われる（未来の）大勢の人間》のことを指しており、だからこそ、これほど沢山の魚が獲れたのに網は破れていなかったと言われるのである[24)]。神の網は、人間の網のように、たくさん釣ったからといって破れることはあり得ないからである。ここで、もう一点《数の哲学》について述べておこう。

> 文字は、人間と同様、表の意味と裏の意味、すなわち、肉体的な（字義的な）意味と霊的な（比喩的な）意味から構成される。
> 〜アレクサンドリアのフィローン（B.C.20頃-A.D.45頃）
> 『観想的生について *De vita contemplativa*』78 〜

イエスの時代からすでに、人間が肉体と魂からできているように、また言葉が字義的な意味と比喩的な意味からできているように、数も字義的な意味と霊的な意味からできていると信じられていた。（図4）

従って、数は実際の数値を指すわけではないため、数値が異なっていても同じものを指すことができる。同様に、異なる登場人物、エピソード、象徴が同一の事柄を

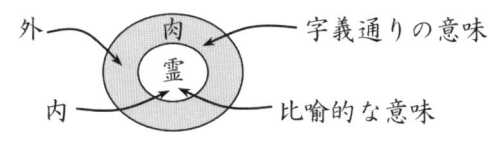

```
    外 ─────┐  ┌肉┐  ┌──── 字義通りの意味
            ╲ │霊│ ╱
             ╲└─┘╱
    内 ─────┘    └──── 比喩的な意味
```

**図4　人間・言葉・数の構造**

表すことができる[25]。ここが現代の数と違う点であり、同じ事柄・同じ真実が、視点を変え、強調の度合いを変えて、別な異なる数字で表わされる。例えば、「数が70であれ7であれ、7日または7年であれ、あるいは7世代、70年であってもそれは同じことを意味している。」[26] というのも、「同一の因数から発している数は、その大小を問わず、同一のことを意味する」[27] からである。そのため、「日であれ、週であれ、月または年であれ、時を意味しないで、数字はその状態の性質を決定する」[28] ものとして用いられる。大事なことは《7》に隠された意

---

23) スエデンボルグ、1968: 842.
24) 「私に付いて来なさい。人間を取る漁師にしよう。ποιήσω ὑμᾶς ἁλιεῖς ἀνθρώπων.」（『マタイ福音書』4, 19、『マルコ福音書』1, 17）や「天の国は、海に投げ入れられていろいろなものを集める網に似ている。」（『マタイ福音書』13, 47）というイエスの言葉から、キリスト教の文脈では、漁師は洗礼を授ける《使徒の象徴》であり、魚は《新しい信徒》と解されてきた。この象徴は無数の洗礼図像の中に示されている。例えば、信徒は「小魚たち piscicul ī」と呼ばれ、洗礼盤は「魚の池（養魚池）piscīna」と呼ばれていた。教父クレーメンス（150頃-215以前）は、信徒はキリストによって罪の中から救い出されるという比喩で、キリストを「漁師」、釣り上げられる信徒を「魚」になぞらえている。
25) Cfr. Filone di Alessandria 1994: LIX.
26) スエデンボルグ 1969: 724.
27) スエデンボルグ 1969: 737.
28) スエデンボルグ 1968: 427.

味であり、それが7日であれ、7年であれ、70年であれ、同じ霊的な真実を語っているのである。その一例を新約聖書から採ってみよう。

> 都には高い大きな城壁と**12**の門があり、それらの門には**12**の天使がいて、名が刻みつけてあった。イスラエルの**12**の部族の名であった。都の城壁には**12**の土台があって、それには子羊の**12**使徒の**12**の名前が刻みつけてあった。天使が物差しで都を測ると、**12000スタディオン**であった。城壁を測ると、**144キュービット**であった。
> 〜『ヨハネの黙示録』21, 12-16 〜

「12の門」、「12の天使」、「12の種族」、「12000スタディオン」、「144キュービット」、これらは一見、すべて違う数字が挙げてあるように見えるが、よく見ると、すべて12の倍数である。それゆえ、すべて同一の事柄を指している。「どんな数でも、その数自身を倍加して——10倍、100倍、1000倍など——できたものは、元の数と同じ意味を持っているため、その数により、12の意味と同じことが意味されているからである。」[29] このため、「144キュービットは12の二乗であることより、12と同じことが意味される。」[30] 同じく、「12000スタディオンは12を1000倍したものであることより、12と同じことが意味されている。12はあらゆる善と真理を意味し、それが教会について話されていることより、12000スタディオンはその教会のあらゆる善と真理と

が意味される。」[31] というのも、《教会のあらゆる善と真理の統合体》は 12 で表すのが、新約聖書の暗黙の了解だからである[32]。

　また、12 に鏡を置くと、21 になるが、このひっくり返した数は《キアズムス数》（シンメトリー数）と呼ばれる。これが、中世で好んで使われた強調形である。上記の引用の『ヨハネの黙示録』21 章は 12 のキアズムス数となっている。また、上述したように、数は倍加されることでも強調形になる。12000 というのは、12 が 1000 倍（$10^3$）されることによって強調された数である。『神曲』は 100 の歌章からできているが、これも完全な数にして神の掟（十戒）《10》を 10 倍した強調数である。古代の人々は、このように倍加したり、キ

---

29) スエデンボルグ 1968: 347.
30) スエデンボルグ 1968: 909.
31) スエデンボルグ 1968: 907.
32) 《12》は《4》と《3》の組合せから生まれる。東西南北の 4 つの方向や宇宙の 4 元素―地水火風―から《4》は宇宙の概念を象徴する。実際、エデンの園を流れる川は 4 つ―ピション、ギホン、チグリス、ユーフラテス―ある。これに春夏秋冬の 4 つの季節が加わると、《4》はまさに宇宙の時空の象徴数となる。キリスト教ではこれに十字架の概念が加わる（十字架の柱は 4 つの方向を有しているため）。次に、聖なる三位一体の象徴数《3》が加わると、3 + 4 = 7 または 3 × 4 = 12 という更なる象徴数が導かれる。《7》は当時知られていた《7》つの惑星（月・水星・金星・太陽・火星・木星・土星）を表わし、《宇宙の完全性》の象徴となる。キリスト教ではこれに恩寵の概念が加わる。イエスが 5 千人に分かち与えるパンは《7》つであり、《7》つの秘跡（洗礼・聖体・婚姻・叙階・堅信・告解・終油）、《7》つの徳（信仰・希望・慈愛［この 3 つを「対神徳」と呼ぶ］、賢明・剛毅・正義・節制［この 4 つを「枢要徳」と呼ぶ］）、《7》つの大罪（高慢、嫉妬、憤怒、怠惰、貪欲、食悦、愛欲）、聖霊の《7》つの賜物（上智、聡明、賢慮、剛毅、知識、孝愛、敬畏）などへと広がっていく。《12》は黄道十二宮を表わすとともにイスラエルの《12》部族やイエスの《12》使徒を表わすことになる。

アズムス数を使うことで、ある概念を強調していた[33]。こうした数は聖書の至る所にちりばめられている。本書は聖書の数を扱うわけではないので、例を一つだけに留めておく。

　3は《完全な》《同時的な》ものを意味する。かくしてイザヤは《**3**》年の間裸となり、裸足で歩んだ（『イザヤ書』20, 3）。ヤハウェはサムエルを《3》度呼び、サムエルはエリに向かって《3》度走り、エリは彼を《3》度目に理解した（『サムエル記（上）』3, 1-8）。ダヴィデはヨナタンに《3》日間畑で身を隠すように告げ、ヨナタンはその後、石のそばに《3》本の矢を射て、最後にダヴィデ王はヨナタンの前に3度低頭した（『サムエル記』20, 5, 12-42）。エリアは寡婦の子の上に《3》度身を伸ばした（『列王記』17, 21）。エリシアは《3》度燔祭の上に水を注ぐことを命じた（18, 34）。ヨナはクジラの腹の中に《3》日《3》晩いた（『ヨナ記』11, 17）。イエスは言った。「天国はパン種の如し、女はこれを取りて《3》斗の粉の中に入れれば、ことごとく膨れ出す」（『マタイ福音書』13, 33）。イエスはペトロに向かって彼が主を《3》度否定するだろうと言った（『マタイ福音書』26, 34）。イエスはペトロに「おまえは私を愛するか」と《3》度尋ねた（『ヨハネ福音書』21, 15-17）。イエスは神殿は破壊されるが、彼はこれを《3》日のうちに起こすだろうと言った（『マタイ福音書』26, 61）。イエスはゲッセマネで《3》度祈った（『マタイ福音書』26, 39-44）。イエスは《3》日目に蘇った（『マタイ福音書』28, 1）。このように《3》は《完全な業》を示すために用いる。というのも、それが《3》の

数の意味だからである。

～スエーデンボルグ（1688-1772）
『真のキリスト教』211～

　中世の詩人ダンテがいかに数字を重視していたか、その一例を次に見てみよう[34]。

| Giovanni del Virgilio から Dante への書簡詩 | | Dante から Giovanni del Virgilio への書簡詩 |
|---|---|---|
| 『牧歌』III | | 『牧歌』IV |
| Forte sub inriguos colles, ubi Sarpina Rheno | 1 | Velleribus Colchis prepes detectus Eous |
| obvia fit, viridi niveos interlita crines | 2 | alipedesque alii pulcrum Titana ferebant. |
| : | : | : |
| iam te, blande senex, quanto circumligat ulmum | 42 | et tria si flasset ultra spiramina flata, |
| proceram vitis per <u>centum</u> vincula nexu. | 43 | <u>centum</u> carminibus tacitos mulcebat agrestes. |
| : | : | : |
| Dum loquor, en comites, et sol de monte rotabat. | 97 | ille quidem nobis, et nos tibi, Mopse, popymus. |

　左側のラテン詩は、当時のボローニャ大学の学者ジョヴァンニ・デル・ヴィルジリオがダンテに宛てた書簡詩

---

33) Cfr. Vinassa De Regny 1988: 30, Hardt 1989: 6, n. 10.「数を二倍すると、同時にその象徴力も強化される。」（ルドルフ・タシュナー：2010, 12）
34) Dante 1996: 676 & 684.

第3章　聖書における数の読み解き方　39

である。中央の数は通算詩行数を表わす。右側のラテン詩は、ダンテがジョヴァンニ・ダ・ヴィルジリオに返信した書簡詩である。上記のように、両方の詩を同時に並べると、面白いことに気づく。ジョヴァンニ・デル・ヴィルジリオは43行目に「100 *centum*」という単語を使っているが、これに対してダンテも自身の返信の書簡で同じ43行目に「100 *centum*」という語を対応させている。ここからダンテは他人から来た手紙の詩の行数まで、一々数えていたことが判る。数えるという行為が、ダンテにおいては詩を書く上での基礎となる。次に、「100 *centum*」が登場するダンテの詩行を訳してみよう。

> もし風のそよぎのように滑らかなその詩行の上にもう三吹き風がそよいだならば、《100 *centum*》の詩行で、固唾を飲んで耳を傾ける羊飼いたちをさらに魅了したでしょうに。
> 〜『牧歌 *Egloge*』第4歌42-43 〜

ダンテは「あなたの書簡詩の行数―97行―が、もう3行あったなら、ちょうど100行となって(調和と秩序を保ち)、聞いている者をさらに魅了したでしょう(すなわち、もっと完璧なもの、より芸術的なものとなって、読む人をいっそう魅了したでしょうに)」と、自身の感想を述べている。ジョヴァンニ・デル・ヴィルジリオの手紙は97行から成っているため、ダンテも相手の詩行数に合わせて自身の返信の書簡を97行で終えている。

中世の詩人ダンテにとって《数を数えること》が詩作の始まりであり、詩の理解の要諦であった。

> そもそも理解とはどのようにして可能になるのだろう。いわば《理解の原子》に当たるものは何なのか。どこから理解というものが始まるのか、それ以上遡って説明する必要がないほど単純明快なものは何なのか。もはや疑うべきものがないゆえに、疑うことが無意味になるような公理とはどのようなものなのか。ピュータゴラースはこの問いに答えられると思った。すなわち、**何にもまして基本的なこと、それは数を数えることだ**、と。なぜなら1から始めてあらゆる数にその都度1を足せば、次の数が得られるという数の数え方をいったん理解してしまうと、これ以外の方法で数を数えることなどもはや想像できなくなるからだ。**数を数えることは、人間がいかなる差異も超えて、まったく同じ方法でなしうる行為である**［ここに数の普遍性がある］。**ある状態にどのような数が当てはまるかを認識できた時に、われわれはそれを完全に理解したと言える**。何かを本当に理解するとは、とどのつまり、数を数えるのと同程度にまでそれを理解することに他ならない。ターレスは、世界が理解可能なものであることを、われわれに信じさせてくれた。しかし、理解可能だとすれば、世界はもともと数からできているはずだ、というのがピュータゴラースの見解だった。**なぜならわれわれが何かを理解できるのは、数に還元する操作を通じてのみだからである**。」
> 　（タシュナー 2010：4）

# 第4章

# 『神曲』はなぜ数に従って構成されているのか

## 1. 構成の意味

　最初に《構成》が持つ意味について触れておこう。というのも構成と構築性こそ優れて西洋的な——そしてダンテ的な——概念だからである。

　人間の体の機能を解明するために、分子生物学者は遺伝子など生命活動に欠かせない物質や分子の性質を明らかにしようとしてきた。そして今、人間の全遺伝情報（ゲノム）が解明され、人間の身体を作り上げている主要な分子、塩基配列がすべてカタログ化されている。これを文学研究に置き換えれば、『神曲』を構成する個々の分子である語彙をカタログ化するのと似た作業と言えよう。しかし、ここには一つの大きな問題が横たわっている。というのも個々の部品を明らかにしても、複雑な機械がどう機能するかほとんど解らないのと同じ様に、A, T, C, Gの塩基配列を明らかにしても、その《**集合規則**》が理解できなければ、人間の身体のパズルを解くに

はほとんど役に立たないからである。このため、現在の生物学は個々の部分を統御する集合規則の解明に向かっている。（実際、この膨大な塩基配列（約30億塩基）のうち、蛋白質の合成に関わっているのはほんのわずか（3万塩基）と言われており、残りの機能は未だに多くの謎を残している。）

　自然界には共通した集合規則や法則が存在する。分子レベルから巨視的なレベルに至るまで様々な構造体に螺旋や五角形、三角形などの特定のパターンが繰り返し現れる。また、極めて規則的な結晶構造にも比較的不規則な蛋白質の構造やウィルス、プランクトン、人間など様々な生物にも、こうしたパターンが現れ出る。これはフラクタル幾何学において《自己相似性の原理》として着目されているが、また『神曲』を構成する原理でもある[35]。

　もう一つ重要な視点を述べておこう。有機物であろうと無機物であろうとみな、結局のところは、水素、酸素、窒素、燐などの同じ原子で構成されている。唯一の違いと言えば、空間的にそれらの原子がどう配置されるかということだけである。つまり、『神曲』研究に言い換えれば、語順である。いくつもの要素が集合し、それら個々の要素からは予測もできないような新たな性質をもった大きな安定構造が生まれる現象は《自己組織化》として知られている。たとえば、人体では大きな分子が自己組織化して細胞小器官となる。この細胞小器官が自己

組織化したものが細胞である。そしてこの細胞もまた自己組織化して表皮などの細胞になる。さらに、それらが自己組織化すると、肺や目などの器官ができあがる。この結果、システムの中に別のもっと小さなシステムが存在するという階層構造——システム構造——をもった生物の個体ができあがる。まさに、この個体が『神曲』であり、人体のようなこの小宇宙には、《自己相似性の原理》と《自己組織化》によるシステム構造が見い出される。

人体には合計206個の骨があるが、これらがバラバラにならず垂直に立って安定していられるのは筋肉や腱、靭帯による張力があるからである。現代の科学は、これらの張力を、圧縮力に耐える骨が受けとめ、全体として複雑なテンセグリティー構造[36]を作って体を支えているからだと説明している。『神曲』においてこのテンセグリティー構造の役を果たすもの、それが数と幾何学である。

---

35）これは古代では《シュンメトリア》と呼ばれてきた。ギリシャ語のσυμμετρία（美と善の特質の一つである「均整」、「ふさわしい関係」、「調和」、「比（例）」を意味する）に由来する。ウィトルーウィウス（前1世紀）はこれを次のように説明している。「シュンメトリアとは、作品それものの部分から生じる調和ある一致であり、個々の別々な部分から全体の形姿に至るまでが、ある一定の部分に照応することである。」（『建築論 De Architectura』第1巻第2章4）
36）「テンセグリティー構造 tensegrity」とは「張力 tensile」と「完全無欠 integrity」を組み合わせた、バックミンスター・フラーによる造語である。ジオデシックドーム（最小限の建築材料で最高の強度を持つ）はテンセグリティー構造の一例。

## 2. 近年目覚ましい発展を遂げた『神曲』の数的研究

　『神曲』の数的研究に関して言えば、20世紀初頭にVinassa de RegnyやBenini、戦前のHopperの先駆的な研究があったものも、長い間、数による構成が正統な研究として顧みられることはなかった。ダンテは詩人であり、『神曲』は文学作品であり、そこに数理的な側面を読み込もうとするのは現代人の空想に過ぎないとみなされたからである。例えば、中世文学研究の金字塔である『ヨーロッパ文学とラテン中世』（1954年）においてクルツィウスは「数に基づく構成Zahlenkomposition」という言葉を使ってはいるものの、『神曲』の登場人物の極めて単純な構成に触れるだけで終わっている。しかし、米国の著名なダンテ学者チャールズ・シングルトンが1965年に『神曲』のシンメトリー構造を発見してから潮目が変わる。ダンテ学の泰斗が『神曲』における数的構成の重要性を認めたことで、ダンテ学全体にその意識が浸透し始め、それまで副次的な——時として、眉唾物として——扱いを受けていた研究が正統な研究に変わったのである。今日では『神曲』の数的側面の重要性を認めないダンテ研究者はいないが、それも、1980年代後半以降、革新的な発見が相次いでなされたおかげである。このように近年急速に発展を遂げた分野であるため、マンフレート・ハルトの研究[37]を除いて『神曲』の数的研究に関する解説書は世に出ていない。本書はコンパクトながらも、最新の研究成果を取り入れた初めての総

合的な解説書である。

　マクロ・コスモスとミクロ・コスモスの《照応》という表現が様々な文脈で用いられるが、それが具体的に説明されることはほとんどない。この照応関係を最も明白な形で表しているのがダンテの『神曲』である。神が「自然」という作品を創造したように、詩人は自分の作品を創造する。この意味において神と詩人はどちらも創作者authorである。それゆえ、神と自然の関係と同じように、詩人と作品の関係は同じものになる。神にとっての自然世界がダンテにとっての作品『神曲』に当たることから、『神曲』という作品は、神が創った全宇宙・全自然に対応することになる。『神曲』の中でダンテが試みたのは、全宇宙を同じパターンで模倣することである。それゆえ、『神曲』も自然界（宇宙）と同じように、背後から数によって〜単語の位置や単語の使用回数に至るまで〜すべて統御されている。これが数のレベル1であり、レベル2になると、今度は幾何学による統御が行なわれる。円と球、πによって『神曲』全体が背後から統御されるのである。レベル3になると、今度は天文学によって全体が統御される。このように、『神曲』も自然界と同じように、幾つもの段階で背後から統御されている。本書では、このレベル1を紹介する。

---

37）Hardt 2014.（但し、オリジナルは1973年のものであり、本書には彼のその後の研究も紹介している。）

## 3.『神曲』の詩の形式：聖数《3》

　実際に、『神曲』の一節を取り出して見てみよう（図5）。『神曲』は《11音節の詩行endecasillabo》を3行1組とする《三行詩節terzina》から構成される。この3行詩節1組で、三位一体を象徴する数、33音節となる（11×3 = 33）。各詩行は一行おきに3回ずつAbA, bCb, CdC, dEd……と数珠繋ぎに韻を踏んでいく。『神曲』は全詩行においてキリスト教を象徴する三位一体を奏でている。

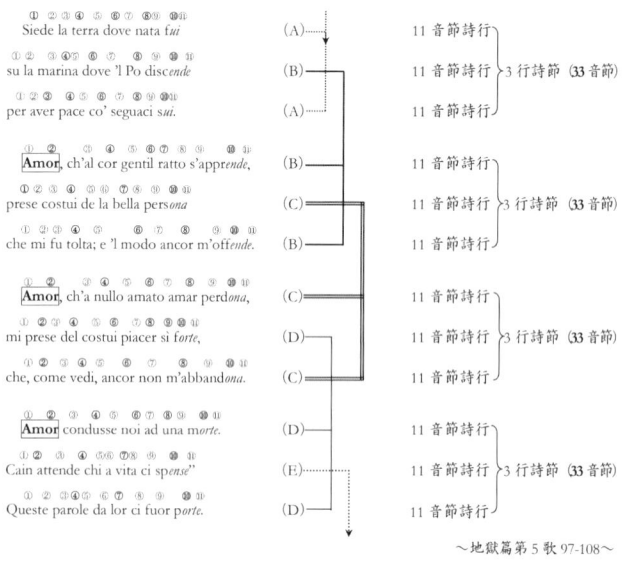

　　　　　　～地獄篇第5歌97-108～

図5　『神曲の一節』
＊①～⑪は音節数。太字はアクセント。

最初の韻はfuiで、一行おいて、suiと脚韻を踏んでいる（最低2音節が脚韻を踏む）。飛ばされた真ん中の詩行の韻はdiscendeで、一行おいて、s'apprende、さらに一行おいて、m'offendeと脚韻を踏む。同じ要領で、personaはperdona, m'abbandonaと脚韻を踏んでいる。A→b→A→b→C→b……と、1行おきに3回ずつ韻が重ねられていく。こうすることで、同じ脚韻を単調に繰り返すのではなく、一行おきに新しい韻を導入し、変化を持たすことができる。鎖のように交互に連続して韻を踏ませていく、この韻のパターンを「三韻句法 terza rima」[38]と呼ぶが、ダンテが『神曲』のために編み出した最も高度な韻律システムであり、文学史上それまでなかったまったく新しい韻の踏み方である。かくして全詩行（14233行）が三位一体を奏でていくことになる。「神の創造の御業の中に三位一体が暗示されている」[39]ように、また「自然現象が三位一体であることを表わしている」[40]ように、全自然の等価物である『神曲』の各詩行の中に三位一体が暗示されている。

---

38）terza rimaの詳しい意味づけについては、Freccero 1986を参照のこと。
39）アウグスティーヌス『神の国』XI, 24。
40）アルベルトゥス・マグヌス『天と世界について *De caelo et mundo*』。神には3つの属性があり、空間には3つの次元があり、時間には3つの様態（過去・現在・未来）があるように、万物の中には«3»という数字が見い出される。

## 4.『神曲』における微視的構造と巨視的構造の照応：聖数《1》

次に、キリスト教を扱う『神曲』が《3》を中心に組み立てられていることを構成の点から見てみよう。神は一者であり、その統一性・全一性は《1》によって象徴され[41]、神がもつ三位一体の側面は《3》によって象徴される。キリスト教中世では、数字の《1》がそれに続くすべての数字の基礎であるように[42] 神は創造されたすべてのものの統一であると信じられていた。アウグスティーヌスによれば、数の世界は《1》と《多》という2つの関係しか存在しない。2は《1》を2回繰り返した数であり、3は同じく《1》を3回繰り返した数とみなされたからである。

> すべての数は、1を何回持つかによって名称と数値が示されるのである。
> 〜アウグスティーヌス
> 『自由意志について *De libero arbitrio*』II, 8, 22 〜

これを翻訳すれば、《1》からすべての数が作り出される以上、この《1》と《多》の数的関係は、一なる《創造主》と多なる《被造物》の関係を映し出すものとなる。**数それ自体が、神と被造物の関係を投影しているのである。**また、すべての数に1が見出されるように、被造物すべてに神が見出される。それゆえ、この

創造主である《1》に回帰していくために、数の関係の洞察こそが必要不可欠の道であると考えられた。「ダンテが三韻句法terza rimaに基づいて詩的世界を創造したのも、このためである。」[43]「このような理由から、ダンテは『神曲』の構造と構成の中に数秘学的パターンを入念に織り込んだのであり、数の持つ象徴的な暗示は詩の解釈に不可欠なものとなっている。もし『神曲』が神との合一に人間を引き戻し得る鍵を提供するミクロコスモスであり、創造者のマクロコスモスに比されるのならば、数は読者を解釈上の啓示へと導くものの一部でなくてはならない。このとき初めて詩的世界が本当の意味で神によって創造された世界を真似ていると言うことができるからである。」[44]

『神曲』の最初の骨組は、この《1》と《3》からなる。下図に見るように、ミクロのレベル―11音節詩行、3行詩節、総音節33音節―でのパターンは、マクロのレベルでも同じように対応している。

---

41)「面白いことに、古代では《1》という数が、数の中で特別な地位を占めていた。それは単位をなすものであり、基本的には数える対象になり得ない。だからこそ《1》は《不可分なるもの》、つまり、《神的なもの》の象徴とされた。」(ルドルフ・タシュナー 2010：7)
42) 興味深いことに、老子の『道徳経』第39章および42章にも似たような考え方が見られる。
43) Guzzardo 1987: 12, n. 15.
44) Guzzardo 1987: 6.

```
    ≪微視的(ミクロ)レベル≫    ⇔    ≪巨視的(マクロ)レベル≫
① 11音節詩行 → 1行           1作品 ← ①『神曲』
② 3行詩節   → 3行            3篇  ← ②篇
③ 音節数    → 33音節         33歌 ← ③歌章
```

　③各三行詩節が33音節から構成されることにより、各篇も33の歌章から構成される。また、②各三行詩節が3つの11音節詩行から構成されることにより、1作品(『神曲』)も3つの篇(地獄・煉獄・天国)から構成される。①そして11音節で1行が形作られるように、『神曲』も11の歌章が3回繰り返され(33歌)、その篇が3つ合わさって1作品(『神曲』)を構成する。

## 5. 最小から最大まで第一の基本単位：《1》と《3》

　『神曲』は全部で100の歌章からできているが、これは上述した《3》と《1》の組み合わせによって成り立っている。

　　『神曲』：全体の序歌＋地獄篇＋煉獄篇＋天国篇
　計100歌：　（1歌）　（33歌）（33歌）（33歌）

　100は《完全な数》どうしを掛け合わせた数(10×10)であり、《全存在》、《全自然》、《全宇宙》、《神》を象徴している。上図に見るように、煉獄篇を軸として左右対称の関係にあるが、煉獄篇を中心軸として同一の歌

章番号どうしに内容的・主題的な照応関係が見出されるようになっている。これについては本稿の主題から外れるので、ここでは割愛する。

# 第5章

# 『神曲』——照応世界——

　『神曲』の最大の特質はあらゆるものが有機的に照応関係に置かれている点にある。一語一語の単語のレヴェルに始まり、内容から主題やモチーフに至るまでが極めて精緻に有機的に結びつき合っている。『神曲』の内容と表現力はもとより、われわれ『神曲』研究者が最も感嘆するのが、この有機性である。細部どうしが全体にわたってこれほど緊密に照応関係に置かれていることにいつも讃嘆の念を禁じ得ない。本書ではそのうちの数的な照応関係の大枠だけを紹介するに留めざるを得ないのが残念である。

## 1. 場所の照応

　『神曲』を構成する地理学は、外部構造と内部構造と大きく二つに区分できる。ダンテはこの宇宙を三つの領域に分け、それらに内部構造と下部構造を持たせている。ここにも《一なる》宇宙と《三なる》部分という基本単

```
                              宇宙
外部構造 (1+1+1):  ≪地獄界≫    ≪煉獄界≫    ≪天国界≫
内部構造 (3+3+3):  地獄前地     煉獄前地     下層惑星天球
                 上層地獄     本煉獄       上層惑星天球
                 下層地獄     地上楽園     上層天球
下部構造(10+10+10): 10の領域    10の領域    10の領域
各領域の構成要素:    9+1        7+3        9+1
```

図6　神曲を構成する地理学

位が表われている。図6に見るように、当然、このマクロ構造はミクロ構造にも映し出される。

ここでも煉獄界がシンメトリーの中心軸となって、左右対称となっている。三位一体の神が創り出す宇宙も、やはり《3》と《1》から構成されているとダンテが信じた結果が、『神曲』の宇宙構造にも映し出されている。

## 2. 脚韻の照応

『神曲』は3つの篇（cantica）から構成されているが、どの篇も最後の単語は同じ語に統一されている。

E quindi uscimmo a rivedere le **stelle.** 〜地獄篇第34歌139行〜
　　puro e disposto a salire a le **stelle.** 〜煉獄篇第33歌145行〜
l'amor che muove il sole e l'altre **stelle.** 〜天国篇第33歌145行〜

上記に見るように、各篇の最終詩行はすべて「stelle（星々）」という語で終わっている。地獄篇と煉獄篇が脚韻を踏み、煉獄篇と天国篇が脚韻を踏む《篇の脚韻》（これも文学史上、唯一の例）といった形式になってい

る。では、なぜダンテは各篇の最後に、「星」という単語を配置したのであろうか。《最後》という単語はイタリア語fineに限らず、フランス語fin、ラテン語*finis*、ギリシャ語τέλος、英語end、ドイツ語Endeのどれでも「目的」という意味を併せ持つ。従って、《最後》を「星」という語で終えることによってダンテは人間の《最終》《目標》が魂の故郷である「星」にあることを読者に伝えようとしているのである。散文的に「人間の最終目的は星へ帰還することである」と言わずとも、各篇の「最後に」この単語を配置することで、その「目的」を暗示できる。これが『神曲』の記述の仕方であり、《語の意味するもの》だけでなく、《語の位置》によって意味を伝えようとする点が『神曲』の特徴である。

### 3. 脚韻数の照応

地獄篇/煉獄篇/天国篇
intelletto（3回 + 6回 + 3回）

地獄篇/煉獄篇/天国篇
Virgilio （1回 + 1回 + 1回）

　次なる『神曲』の特徴は、ミクロのパターンとマクロのパターンが互いに照応し合って繰り返されていくところにある。例えば、「知性intelletto」という語を取り上げてみよう。地獄篇で3回、煉獄篇で6回、天国篇で3

回、全部で12回脚韻を踏むが、この3、6、3という数列から判るように、煉獄篇を中心にしてシンメトリーが構成されている。同様に、「ウェルギリウス Virgilio」という単語は各篇それぞれ1回ずつ均等に脚韻を踏んでいる。ダンテは『神曲』を作成するにあたって、重要な語は何度韻を踏ませるか予め決めてから作詩している。ダンテの単語の使い方を見ると、このように驚くべきパターンが無数に浮かび上がってくる。これらはパソコンが普及するようになってから明らかになってきたパターンであり、最近の知見である。コンピュータの発達によって『神曲』の全単語の様々なパターンが見えてくるようになってきた結果、戦前までの注釈者や研究者が想像だにしなかった世界が拡がってきている。例えば、「キリスト」という語は『神曲』（地獄篇では用いられない）で合計40回使用され、そのうち韻を踏むのは12回（**4×3**）であり、Cristo-Crsitoと、自身と韻を踏む回数は4回である。キリストを象徴する十字架が《4》（贖罪を表わす象徴数）で表わされることより、すべて4の倍数となっている[45]。さらに言えば、『神曲』で使用される主要な単語の回数もあらかじめ定められているが、これについては後述する。

### 4. 歌章の詩行数の照応

　図7を見ると、地獄篇の第1歌が136行からなり、煉獄篇の第1歌も136行からなっていることから、詩行数

```
           詩行数  （秘数）              詩行数    （秘数）
地獄篇第1歌   136行（完全数10）⇔ 煉獄篇第1歌   136行（完全数10）
煉獄篇第33歌  145行（完全数10）⇔ 天国篇第33歌  145行（完全数10）
地獄篇第2歌   142行（恩寵数7）  ⇔ 煉獄篇第2歌   133行（恩寵数7）
煉獄篇第32歌  160行（恩寵数7）  ⇔ 天国篇第32歌  151行（恩寵数7）
```
図7　詩行数の照応

によって第1歌どうしが対応していることが判る。煉獄篇の第33歌の145行も、天国篇第33歌の145行と照応している。地獄篇第2歌の142行と煉獄篇第2歌の133行は一見したところ照応していないように見えるが、秘数[46]で見れば、地獄篇の第2歌の《7》と煉獄篇の第2歌の《7》は照応している。つまり145行や133行は《外なる肉》の意味であり、秘数という《内なる霊》においては、1+4+2=7と1+3+3=7であることから、どちらもキリスト教の聖霊数・恩寵数《7》で照応している。同様に、煉獄篇第32歌の160行も天国篇第32歌の151行も、秘数《7》において対応し合っている。実は、各篇の最初と最後の2つの歌章は、詩行数または秘数によって鎖状に繋がっているのである。

---

45) 40（4×10 = 4［十字架］＋36〈4［十字架］×3²［三位一体］〉)。この40回のうち、脚韻を踏むのは12回（4×3＝三位一体）であり、自分自身と韻を踏む回数は4回（4×1＝神）である。4は、キリストの4つの体である《地上体》、《神秘体》、《聖体》、《栄光体 the glorified》を表わしているとされる。また、十字架の柱が4つの方向（東西南北）を指していることから、4はキリストを象徴する数とみなされた。また、イエスの事績を語る福音書も4つ（マルコ福音書、マタイ福音書、ルカ福音書、ヨハネ福音書）である。

46)《（合計）秘数 Mystical Addition Number》とは、位［表面的事象：肉体］を無視して、数字［本質：霊］だけを合算して得られる数のことであり、《本質数》、《神秘数》とみなされるものである。

## 5. 詩行数の照応

　次に、《3》を機軸とした対称性・照応関係の例を挙げておこう。『神曲』の全歌章の詩行数と秘数を歌章順に表にしたのが図8である[47]。一番右端の合計詩行数を見て頂きたい。各篇の各歌章を合計した詩行数はどれも《3》の倍数となっている。例えば、地獄篇第1歌136行と煉獄篇第1歌136行と天国篇第1歌142行を合計すると414行になる。この合計詩行数414は3の倍数である。以下、各歌章のすべての合計詩行数は3の倍数となっている。これは各歌章の詩行数が三行詩節の倍数に一行を加えた数からできているためである（$3n+1$）。この端数1が横糸となって3つの篇を繋ぎ、各歌章の合計詩行数は常に3の倍数を示すことになる。3は言うまでもなく、キリスト教を象徴する数である。これに加えて、キリスト教の象徴学においては神を表す《1》と三位一体を表す《3》の結合数《13》が重視される。《13》はまた旧約の世界を象徴する十戒（神の掟）《10》と新約の世界を象徴する三位一体の《3》を象徴する結合数である。さらにキリストと12使徒、黄道12二宮と太陽などに表われる変身と再生を象徴する数ともみなされてきた。

　『神曲』は100の歌章から構成されることより、歌章の詩行数は100種類あってもよいはずだが、実際は、詩行の種類は、図8から判るように、《13》種類しか存在しない。すなわち、①115行 ②124行 ③130行 ④

| 番号 | 【地獄篇 計 34 歌】詩行数 | 秘数 | 【煉獄篇 計 33 歌】詩行数 | 秘数 | 【天国篇 計 33 歌】詩行数 | 秘数 | 合計 3n 詩行数 (秘数) | |
|---|---|---|---|---|---|---|---|---|
| 1 | 136 | ⑩ | 136 | ⑩ | 142 | ◇ | 414 (9) | |
| 2 | 142 | ◇ | 133 | ◇ | 148 | ⑬ | 423 (9) | |
| 3 | 136 | ⑩ | 145 | ⑩ | 130 | ⑬ | 411 (6) | |
| 4 | 151 | ◇ | 139 | ⑬ | 142 | ◇ | 432 (9) | |
| 5 | 142 | ◇ | 136 | ⑩ | 139 | ⑬ | 417 (9) | |
| 6 | 115 | ◇ | 151 | ◇ | 142 | ◇ | 408 (3) | 計 10 歌 |
| 7 | 130 | ⑬ | 136 | ⑩ | 148 | ⑬ | 414 (9) | |
| 8 | 130 | ⑬ | 139 | ⑬ | 148 | ⑬ | 417 (9) | |
| 9 | 133 | ◇ | 145 | ⑩ | 142 | ◇ | 420 (6) | |
| 10 | 136 | ⑩ | 139 | ⑬ | 148 | ⑬ | 423 (9) | |
| 11 | 115 | ◇ | 142 | ◇ | 139 | ⑬ | 396 | |
| 12 | 139 | ⑬ | 136 | ⑩ | 145 | ⑩ | 420 (6) | |
| 13 | 151 | ◇ | 154 | ⑩ | 142 | ◇ | 447 (6) | |
| 14 | 142 | ◇ | 151 | ◇ | 139 | ⑬ | 432 (9) | |
| 15 | 124 | ◇ | 145 | ⑩ | 148 | ⑬ | 417 (3) | |
| 16 | 136 | ⑩ | 145 | ⑩ | 154 | ◇ | 435 (3) | |
| 17 | 136 | ⑩ | 139 | ⑬ | 142 | ◇ | 417 (3) | 計 13 歌 |
| 18 | 136 | ⑩ | 145 | ⑩ | 136 | ⑩ | 417 (3) | |
| 19 | 133 | ◇ | 145 | ⑩ | 148 | ⑬ | 426 (3) | |
| 20 | 130 | ⑬ | 151 | ◇ | 148 | ⑬ | 429 (6) | |
| 21 | 139 | ⑬ | 136 | ⑩ | 142 | ◇ | 417 (3) | |
| 22 | 151 | ◇ | 154 | ⑩ | 154 | ⑩ | 459 (9) | |
| 23 | 148 | ⑬ | 133 | ◇ | 139 | ⑬ | 420 (6) | |
| 24 | 151 | ◇ | 154 | ⑩ | 154 | ⑩ | 459 (9) | |
| 25 | 151 | ◇ | 139 | ⑬ | 139 | ⑬ | 429 (9) | |
| 26 | 142 | ◇ | 148 | ⑬ | 142 | ◇ | 432 (9) | |
| 27 | 136 | ⑩ | 142 | ◇ | 139 | ⑬ | 432 (9) | |
| 28 | 142 | ◇ | 148 | ⑬ | 139 | ⑬ | 429 (9) | |
| 29 | 139 | ⑬ | 154 | ⑩ | 145 | ⑩ | 438 (6) | 計 10 歌 |
| 30 | 148 | ⑬ | 145 | ⑩ | 148 | ⑬ | 441 (9) | |
| 31 | 145 | ⑩ | 145 | ⑩ | 142 | ◇ | 432 (9) | |
| 32 | 139 | ⑬ | 160 | ◇ | 151 | ◇ | 450 (9) | |
| 33 | 157 | ⑬ | 145 | ⑩ | 145 | ⑩ | 447 (6) | |
| 34 | 139 | ⑬ | | | | | | |
| | 計 4720 | | 計 4755 | | 計 4758 | | 総計 14233 (=13) | |

図8 『神曲』の詩行数と秘数

---

47) Singleton が 1965 年に発表した図表をテキサス大学の Guzzardo が 1987 年に発展させた図表を基にして、筆者が完成させたものである。

133行 ⑤136行 ⑥139行 ⑦142行 ⑧145行 ⑨148行 ⑩151行 ⑪154行 ⑫157行 ⑬160行である。また、『神曲』は全部で14233行からなるが、この秘数も《13》である。さらに、三行詩節の数は『神曲』全体で4711個あるが、この秘数も当然ながら《13》である。文字と同様、数も肉体的―字義的―な意味と霊的―比喩的―な意味を持つことより、『神曲』に用いられる計13種類の詩行数は、外見上―字義的な肉体―の数でしかない。霊的な意味で言えば、『神曲』100歌の詩行数は《3》種類しか存在しない。図8の各歌の秘数を見て頂きたい。詩行数を秘数に還元してゆくと、象徴数《7》、《10》、《13》の3種類しかないことが判る。このような秘数への還元作業が、ダンテ学者の単なる妄想でないことは、次の結果から証明される。《13》と《7》と《10》がそれぞれ何回登場するか数えてみて頂きたい。10は○で、7は◇で、13は□で囲ってあるが、秘数《13》は全部で34回、秘数《7》は全部で33回、秘数《10》も全部で33回現われる。この数はまさに地獄篇の34歌、煉獄篇の33歌、天国篇の33歌の歌章数に照応している。この一つでも多かったり少なかったりすれば、照応関係はすべて崩れ去ってしまう。それゆえ、これら諸々の数的符合は、ダンテが『神曲』を書く前に予め詩行数を計算し、決定していたことを証している。宇宙が調和に満ちているように、『神曲』も調和に満ちたものでなければならないからである。『神

曲』は、綿密に計算し尽くされた設計図を基に築き上げられた一大伽藍に他ならない。

## 6.『神曲』の第3の基本単位──《7》と《17》──

　ダンテは聖霊数とも恩寵数とも呼ばれる象徴数《7》[48]を、シンメトリーの中心軸に用いている。神の恩寵が全宇宙の等価物である『神曲』の中心に宿ることを示すと同時に、すべての出来事・事象の中心に、目に見えない神の恩寵が存在することを暗示するためである。図8の中心部分を拡大した図9を見て頂きたい。『神曲』各篇が33歌から構成されることより、その中心歌章は第17歌に当たる。《17》は、神の法を象徴する《10》と聖霊数《7》の結合数（*lex et gratia*）であるとともに、神《1》と恩寵《7》の結合を象徴する数でもある。

　図9において確認できるように、各篇は第17歌を対称軸とするシンメトリーを形作っている。地獄篇では詩行数で《3》つ、秘数で《5》つの歌章が対称に置かれており、煉獄篇では詩行数で《7》つ、秘数で《13》の歌章が、天国篇でも詩行数で《7》つ、秘数で《13》の歌章がシンメトリーに置かれている。（天国篇ではヴァリエーションを持たせて、1歌章おきにシンメトリーを形作っている。）ここに挙げた数字は一つの例外もな

---

[48]『イザヤ書』11, 2-3 の「智慧、知性、思慮、剛毅、主を知ること、主を敬うこと εὐσέβεια/*pietas*、主を畏れること φόβος θεοῦ/*timor Domini*」（70人訳聖書 & ウルガータ聖書）の7つが「聖霊の7つの賜物 I Sette doni dello Spirito Santo」と言われるようになった。

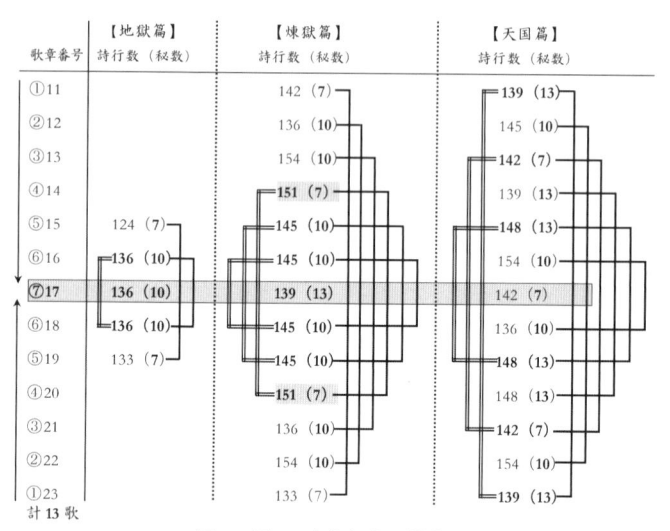

| 歌章番号 | 【地獄篇】詩行数（秘数） | 【煉獄篇】詩行数（秘数） | 【天国篇】詩行数（秘数） |
|---|---|---|---|
| ①11 |  | 142 (7) | 139 (13) |
| ②12 |  | 136 (10) | 145 (10) |
| ③13 |  | 154 (10) | 142 (7) |
| ④14 |  | **151 (7)** | 139 (13) |
| ⑤15 | 124 (7) | 145 (10) | 148 (13) |
| ⑥16 | 136 (10) | 145 (10) | 154 (10) |
| ⑦17 | **136 (10)** | **139 (13)** | 142 (7) |
| ⑥18 | 136 (10) | 145 (10) | 136 (10) |
| ⑤19 | 133 (7) | 145 (10) | 148 (13) |
| ④20 |  | **151 (7)** | 148 (13) |
| ③21 |  | 136 (10) | 142 (7) |
| ②22 |  | 154 (10) | 154 (10) |
| ①23 |  | 133 (7) | 139 (13) |
| 計13歌 |  |  |  |

図9　図8の中心部分の拡大

く象徴数となっている。後述するが、地獄の《5》は五感の《5》を表わす。5感を満たす欲望から罪は始まるからである。

　煉獄篇では他の両篇よりも対称度が高くなっているが、これには理由がある。『神曲』の全詩行数14233行の中心に位置するのが、煉獄篇第17歌だからである。そこを中心として第14歌から第20歌までの《7》歌章がシンメトリーに置かれている。煉獄篇において詩行数がシンメトリーを形成する始点（第14歌）と終点（第20歌）はともに151詩行からなっているが、その秘数も《7》である。ダンテが始点と終点を画す第

14歌と第20歌に146行や136行ではなく、151行を選んだのは、13種の詩行数の中で151行が対称性に最もふさわしい数だと考えたからである。というのも151という数字は、それ自体が《1-5-1》と対称構造を有する対称数(キアズムス数)だからである。更に言えば、151行は25個(3×25=75)の三行詩節によって左右対称に二分割される(25 terzine｜25 terzineまたは75 + 1+75)。しかも25は、秘数が《7》の恩寵数でもある。このように、シンメトリーが入れ子構造—現代的に言えば《自己相似性》の構造—になっている点が『神曲』の特徴である。逆に、このことから《7》という数字が『神曲』全体で何回使われているかも推測できる。つまり、計25(= 2+5 = 7)回である。万物が照応するように、『神曲』内部の万物も照応しあう。煉獄篇で詩行数によってシンメトリーを構成する歌章は全部で《7》つあるが、煉獄篇・天国篇で秘数によってシンメトリーを構成する歌章は《13》あり、これも中心軸から《7》つづつ上下に広がっている。このように一巡して、再び《7》に戻って来る。

　『神曲』の全詩行数14233行は奇数であることより、その中心点を求めることができる。(図10)

　すなわち、7117行目が中心に位置することになる。ここでも《7》と《1》の組み合わせによって『神曲』の自己相似性の構造—7の入れ子構造—が作られている。また、7117という数自体が《71‐17》と対称構造をな

《14233行の中心点》
7117

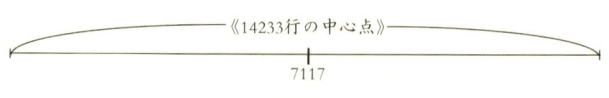

図10 『神曲』の中心点

すキアズムス数[49]である。この対称数は、入射角と反射角が同一であるという光学原理を映し出すことにより、旅路の折り返し点を示す指標となっている。なぜなら旅人の歩む折り返しの旅路は、入射光と反射光に喩えられるからである。(『神曲』において登場人物のダンテは巡礼者とみなされる。)

> 反射光が入射光から跳ね返り、上へと
> 昇ってゆく様は、ちょうど故郷へ帰ろうと
> 熱望する巡礼者のようだ。　　～天国篇第1歌49-51～

このため、全詩行の折り返し点に当たる7117行目も、光の反射の如く、鏡映対称数(キアズムス数)となっている。

## 7. 自己相似性の構造

『神曲』の全詩行を左右に二分する対称点7117行目は、煉獄篇第17歌の125行目に位置する(大シンメトリー)。大規模構造に表われるこの秩序パターン(対称性)は、当然、他のレベルにおいても同じように表われ出る。図9を参照してみよう。地獄・煉獄・天国の各篇において歌章番号17が中心軸となって対称構造を

形成している（中シンメトリー）。さらに、煉獄篇では中心から広がる13歌章の中で、詩行数で7つの歌章が、秘数で13の歌章が対称構造に置かれている（小シンメトリー）。また13という数の中心点も、やはり《7》であり、7番目に対称軸が来る。『神曲』の詩行数における対称点に位置する煉獄篇第17歌には、さらに多くのシンメトリーが隠されている。第17歌は全部で139行からなることより、《70（7×10)》行目がちょうどシンメトリーの中心点に位置する。第17歌を二分割するこの70行目は、また、話の内容の区切りとなってもいる（内部シンメトリー）。シンメトリーの中心歌章に当たる第17歌は、その内部も《7》のシンメトリーを形成すべく、他の詩行数ではなく、まさに139行から構成される必要があったのである。

　こうして、シンメトリーの入れ子構造—自己相似性—は際限なく続いていく。例えば、『神曲』の全詩行数の中心点（対称点）である煉獄篇第17歌125行目（7117行目）は、その三行詩節の中でもやはり中心行に位置している。

---

49）キアズムスとは、Ave – Eva の二つの語の関係に見るように、あたかも両者の間に鏡が置かれて、abc-cba の関係になるものを言う。数字で言えば、71-17 などがキアズムス数と呼ばれる。筆者は解りやすく「（鏡映）対称数（シンメトリー数）」と訳して使うこともあるが、同じものである。

《通算詩行数》

7116　Questo triforme amor qua giù di sotto　　124行（7語）
7117　si piange: or vo'che tu de l'altro intende　125行（9語）
7118　che corre al ben con ordine corrotto　　　126行（7語）

〜煉獄篇第17歌〜

また、内容的にも125行目（通算7117行目）で前後対称的になっている。

《通算詩行数》

7116　（誤った）この3様の愛は、この下の3つの環道で　124行
7117　償われている。さて次に、秩序を外れて善へと　125行
7118　向かう、もう一種の愛について理解してもらおう。　126行

124行目までは「隣人の悪［不幸］を愛する誤った愛」（煉獄の第1環道から第3環道に当たる罪：高慢、嫉妬、憤怒）について論じ、125行目からは「秩序を外れて善を愛する誤った愛」（煉獄の第4環道から第7環道に当たる罪：怠惰、貪欲、食悦、愛欲）について論じているからである。しかも、使用語数においても125行目を中心軸として、使用語数が7-9-7と対称関係に置かれている（微少シンメトリー）。そもそも煉獄篇第17歌が位置する第4環道は7つの大罪の4番目に位置する怠惰の罪を扱う。（①高慢、②嫉妬、③憤怒、④怠惰、③貪欲、②食悦、①愛欲という7つの大罪のま

さに真ん中に位置するのが怠惰の罪である。『神曲』の全詩行の中心点をなす煉獄篇第17歌は本煉獄の7つの環道の真ん中（4番目）に位置するだけでなく、7つの大罪の真ん中に（4番目）に当たる。）このようにあらゆるレベルですべてが真ん中に、中心点となるよう配置されている。

## 8. 自由意志

　最後に、煉獄篇第17歌自体がシンメトリーの中心軸となっている興味深い例を挙げておこう。先ほど出てきた《25（=7）》という数を使って、第17歌の冒頭から第16歌へ向け《25》三行詩節遡ると、第25番目の三行詩節の中心行に「自由意志 libero arbitrio」（v. 71）という語句が見出される。同じように、第17歌の最後から第18歌へ向けて《25》三行詩節進むと、同じく第25番目の、同じく三行詩節の中心行に「自由意志 libero arbitrio」（v. 74）の語句が見出される[50]。つまり、「自由意志」が、『神曲』の中心歌章第17歌を中心軸として天秤のように乗っかっているのである。（図11）

　「星々 stelle」が各篇の最終単語に選ばれているように、「自由意志」という単語が『神曲』の中心に選ばれている。人間は「自由意志」を使って人生の瞬間瞬間、善と悪を選び取り、人生を創造していく。これこそが

---

50) Singleton 1978: 452.

```
         冒頭      最終行
25terzine ┌─────────────┐ 25terzine
─────────→│ 煉獄篇第17歌 │←─────────
         └─────────────┘
↓                                    ↓
┌──────────────┐              ┌──────────────┐
│libero arbitrio│              │libero arbitrio│
└──────────────┘              └──────────────┘
（自由意志）                    （自由意志）
第16歌71行目                    第18歌74行目
```

**図11　自由意志の天秤**

神から人間だけに与えられた特別な賜物であり、人間たる所以は一重にこの能力による。「自由意志」が天秤のようにシンメトリーに置かれているのは、それが人間の中心をなす概念だからであり、人間はこの両刃の刃の上を歩んでいるからである。善を選び取れば、煉獄・天国への道が開け、悪を選び取れば、地獄への道が開かれる。それゆえ、「自由意志」以上に、地獄・煉獄・天国の三層構造の中心に位置するのにふさわしい概念はない。

　以上、数を中心に『神曲』の構造と構成を概観してみたが、これから判ることは、『神曲』の**部分の中に全体が隠されている**ということである。**部分に表われる調和は全体の構造に反映し、全体の構造は部分の中に映し出されている。**（注34のウィトルーウィウスの言葉を思い出して頂きたい。これが『神曲』の原理であるシュンメトリアである。）神が数を通して調和を表わすように、部分と全体を数によって照応させる『神曲』の構成は、大宇宙と神の関係の如く、大宇宙を『神曲』という小宇宙の中に映し取っている。創造主が数を基にして作り上げた宇宙には、そのすみずみまで

神の数（と数的比例）が刻印されているように、『神曲』という小宇宙にも詩人という創造主が刻印した数がそのすみずみにまで浸透しているのである。

# 第6章

# 『神曲』の内部システム

　これまで外側から『神曲』という構造物、大伽藍を眺めてきたが、次に、『神曲』の中へ、聖堂の中へ入って内部に働くシステム構造の一端を見てみよう。内側にはまた別の小さなシステムが存在していることが判る。

### 1. 罪を表わす象徴数《11》

　《11》は、キリスト教では、伝統的に《罪》を表わす数として使われてきた。《10》が完全であるのに対して、《11》はそれを越え出ているため、《十戒》を破る、すなわち、《神の掟・法》を破り、逸脱する数とみなされたのである。

　（カインの子孫の系図において）アダムから7代目にレメクの名が挙げられた後、罪を表わす《11の数》になるまで、レメクの子たちが数え上げられていることは決して看過できない事柄に思われる。（中略）律法は10の数で公

布され、そこからあの有名な十戒が由来するのであるから、《10を踏み越える11という数はまさに律法の侵犯であり、それゆえ、罪を表わしているのである》。(中略)従って、罪深いカインを通るアダムの子孫は罪を表わす11をもって終わる[51]。しかもこの数は女で終わっている。まさに女というこの性から、私たちすべてに死をもたらす罪が始まったのである。(中略)他方、アダムからセトを通りノアに至るまでには律法に適った10という数が入っている[52]。

〜アウグスティーヌス
『神の国 *De civitate Dei*』XV, 20, 4 〜

「ダンテはこの伝統的なキリスト教の象徴に従い、地獄界における罪の分類を**第11歌**で行なっている。この歌章が罪の分類を行なうに最もふさわしい数であるため、意図的にこの歌章が選ばれているのである。しかも、第11歌での罪の分類はまさに**111行目**で終わっている。この《111》は、言うまでもなく、《完全数100》＋《11》から成っている。」[53]

また、ダンテは《11》が持つ象徴機能を非常に興味深い形で使用している。例えば、「原罪を有する《人間 uomo（omo）》は『神曲』全体で《11》の10倍、すなわち、《110》（11×10）回使用されている。この数（110 = 11×10）を言葉に翻訳すれば、人間（OMO）は《罪11》と《十戒（神の掟）10》の間に見いだされるということである[54]。この110回の内訳を、すなわち、そ

の内部構造を見てみると、更に興味深い。「単数形での使用回数が計99回（11×9、すなわち11の倍数）であるのに対し、複数形での使用回数は計11回（11×1）と、両者を弁別しているからである。複数形の人間とは《人類》のことであり、これは例外なしに常に死すべき人間を、罪に堕ちた人間を表わしている。」[55] 信じられないかも知れないが、ダンテは、主要な語彙はあらかじめ使用回数を決めて用いている。例えば、

「罪 peccato/peccati」という語は、まさに『神曲』では全部で《11》回使用されている。『神曲』というテキストは、研究者にとってまさに宝の山である。

## 2. 象徴数《5》の意味

《5》という数は、中世の数秘学では《不吉な》数字とみなされていた。実際、ダンテもそうした意味で《5》を象徴的に用いている。第8圏第7ボルジャに登場する泥棒は《5》人であり、正しき道を失っている「フィレ

---

51)『創世記』4, 17-21においてカインの系譜が①アダム、②カイン、③エノク、④イラド、⑤メフヤエル、⑥メトシャエル、⑦レメク、⑧ヤバル（レメクの長子）⑨ユバル（レメクの次男）⑩トバル・カイン（レメクの三男）⑪**ナアマ（レメクの長女）**と《11》代示されて終わっている。
52)『創世記』5, 3-31で義人ノアへの系譜は①アダム、②セト、③エノシュ、④ケナン、⑤マハラエル、⑥イエレド、⑦エノク、⑧メトシュラ、⑨レメク、⑩ノアと《10》代示されており、この違いをアウグスティーヌスは問題としている。人類最初の罪人であるカインの系譜が女性ナアマで終わるのに対して、アダムに似た息子であるセトの家系は、人類の慰めであるノアで終わる。
53) Hardt 1989: 9.
54) Hardt 1989: 10.
55) ibid.

ンツェ」は地獄篇で《5》回、全部で15回（5×3）使用されている。《5》は身体的・肉的なもの、世俗的・現世的なもの、5感を象徴しており、新約聖書にも不吉な数として登場する。

**第5の天使**が喇叭を吹き鳴らした。すると、私は、一つの星が天から地へ墜ちるのを見た。この星には、底知れぬ淵に通じる縦穴を開く鍵が与えられていた。（中略）しかし、（イナゴたちは）人間を殺すことは許されず、ただ**5ヶ月の間**、苦しめることだけが許された。その苦しみは蠍が人を指したときのような苦しみである。この期間（**5ヶ月間**）、この者たちは死を捜し求めるが、それを見出すことはできない。死を望むが、死の方が彼らから逃げていくのである。（中略）また、蠍のように針のある尾を持ち、それには**5ヶ月の間**、人間に害を加える力がある。
〜『ヨハネの黙示録』9, 1-10 〜

《5》の意味の起源について、イエスの同時代人である聖書の註解者アレクサンドリアのフィローンを参考にしてみよう。神は天地創造にあたって5日目に何をしただろうか。

神は、**5日目**に水棲動物を手始めに、種々の**動物**を創造された。というのも動物と数字の5の関係以上に近い関係はないとお考えになったからである。実際、無生物と生物の最大の違いは感覚能力があるかないかであり、そして感覚は《見る》、《聞く》、《味わう》、《嗅ぐ》、《触れる》の5

つに分かれるからである。
～アレクサンドリアのフィローン『世界の創造について De opificio mundi』XX, 62 ～

　神が《5》日目に《動物》を創造したのは、《5》が感覚を象徴する数だからであり、動物の anima（ψῡχή）の特徴が感覚能力にあるためだとされている。（このように理念・象徴が先にあって、それに合わせて物事がなされる。現実が理念の後追いをするのであり、その逆ではない。この思考法が中世の特質である。）中世の神学者はこの伝統を引き継いで次のように論じている。

**5感のゆえに、5という数字は、自然的─動物的─な人間を表わすのにふさわしい。**彼らは卑しくも肉体の欲望に駆り立てられ、外なる感覚を満たす物事を愛し、追求する。なぜなら彼らは霊的な歓びがどんなものであるかを知らないからである。
～サン・ヴィクトールのフーゴー（1096頃-1141）『ノアの方舟 De Arca Noe morali』1, 4 , PL176, col.6336 ～ [56]

　ここに地獄篇第26歌のオデュッセウスを解く鍵が隠されている。実際、オデュッセウス自身が演説の中で「5感」という言葉を使っている。

---

56) また、同じくセヴィーリャのイシドールス『数の書 Liber numerorum』PL 83, col. 184を参照。

今や、《われらの五感 i nostri sensi》が起きていられる、
　残りわずかとなった人生の黄昏時に、
太陽を背に、人なき世界を知ろうとする
この経験を、諸君は拒もうとするだろうか。
〜地獄篇第26歌114-117〜

われわれが険しき旅路に分け入って［ヘーラクレースの柱を越えて］から、月の下で明かりは5度灯り、5度消えた。
〜地獄篇第26歌130-132〜

　オデュッセウスは神が据えた、人間が越えてはならない境界線（ヘーラクレースの柱）を越えてから《5》か月の旅の後、煉獄の山へと接近する。ここでも《5》が用いられているが、これも象徴数である。5感を表わす数字《5》は霊的なもの、神的なものを相手にせず、感覚的なものしか信じない感覚主義者オデュッセウスにふさわしい数字である。感覚主義者とは肉の喜びに浸る悦楽者という意味ではない。感覚主義者とはどのような人間なのか、スエーデンボルグの解説を参考にしてみよう。

感覚的なものは人間の心の命の最も外なるものであり、その身体の5感に密着している。あらゆるものを身体の感覚から判断し、その眼で見、その手で触れることのできるものしか信じない者は《感覚的な人間》と呼ばれる。その心は閉じられているため、彼には心において天界と教会に属した真理が何一つ見ない。**こうした人間は最も外なる物の**

中で思考し、霊的な光によって内的に考えることはない。約言すれば、**彼らは粗雑な自然的な光 lumen［物質光］の中にいる**。学者や博学な者は、他の者以上に感覚的である。**感覚的な人間は鋭く、しかも巧妙に論じる。なぜならその思考は、そのほとんどが言葉の中にあり、いわばその唇の中にあるように、その言葉の近くにあるからである**。また彼らは記憶のみに由来する言葉の中に理知のすべてを置く。なかには誤謬を器用に確認できたり、確認した後にそれが真実だと信じる者もいる。しかし彼らは感覚の迷妄から事柄を論じ、確信しているため、一般の人々はそれに捕らえられて説得されてしまうのである。感覚的な人間は、他の者以上に狡猾で悪意を抱いている。詐欺師・欺瞞者などは特に感覚的な者であるが、世間の目にはそんなふうには映らないものである。地獄にいる者たちは感覚的であり、感覚的であるに応じてますます深く地獄にいる。しかし、感覚的なものを超えて、上へと思考が止揚されない限り、人間はほとんど智慧を受けることはない。

〜スエーデンボルグ『啓示による黙示録解説』424〜


象徴数《11》と《5》の知識を得たことで、話を元に戻そう。

## 3. 地獄篇における「愛 amore」

使用される単語が予め計算されて作詩されている例として、地獄篇における《愛 amor(e)》がある。M. Hardtの論文に掲載された表（1989, 25）をもっと解りやすく筆者が書き直したのが、図12である。

amoreが初めて使用されるのは地獄篇第1歌の《39》行目であり、最後に使用されるのが第30歌《39》行目である。この完璧な符号は作者の意図以外にはあり得ない。この図12の中央部を占める歌章が第5歌であるのも、《5》は五感の象徴であり、人間の肉体と肉欲を象徴しているためである。

　《愛amor(e)》は地獄篇において合計19回用いられるが、そのうちの《9》回は地獄篇第5歌に集中している。というのも第5歌は《愛欲》の罪を扱っているからである。第5歌はパオロとフランチェスカの不義の恋愛を描いた最も有名な歌章の一つだが、《5》の数的象徴からこの歌章が自然な愛の衝動の逸脱（罪）──《肉欲の愛》──を扱っていることを物語っている。（地獄篇の対称数に5が選ばれているのも、このためである。地獄の住人は肉体の5感に心奪われた人々でもあるからである。）図12におけるamoreの頻出数から判るように、amoreが《5》と《3》と《9》の周りを巡り、《5》が《3》と《9》を囲む構図は、この愛が5に象徴される官能的な愛によって支配されていることを暗示している。この表からamoreの使用回数のみか、その出現位置までも予め定められていたことが証される。前半部の5回、中央部の9回、後半部の5回とシンメトリックに構成されている。更に、中央部分の9回はその内部に、3回＋3回＋3回と、内部シンメトリーを有しているが、その中心部は更なる内部構造を備えている。この中心部の3つの三行詩節だ

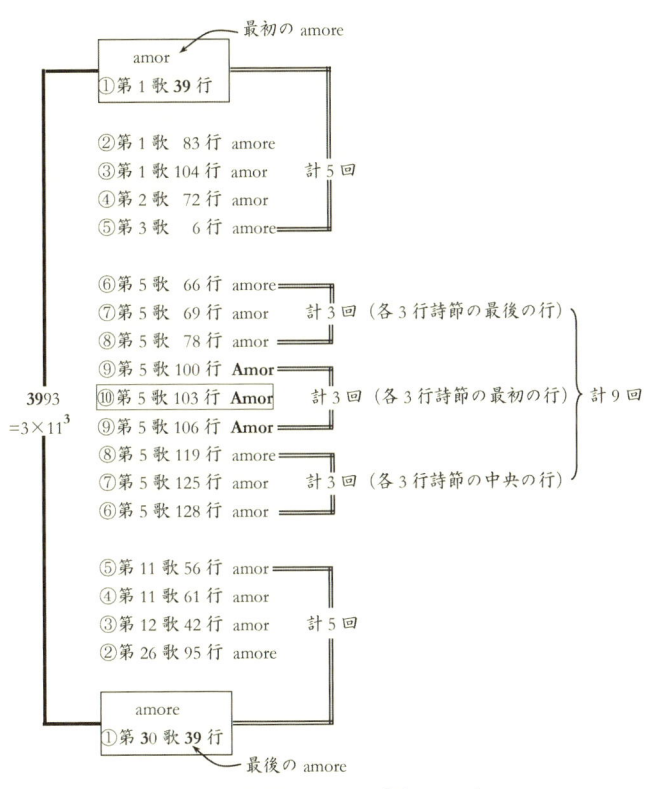

```
                          ┌── 最初の amore
              ┌─────────┐
              │  amor   │
              │①第1歌 39行│
              └─────────┘

              ②第1歌  83行 amore
              ③第1歌 104行 amore   計5回
              ④第2歌  72行 amor
              ⑤第3歌   6行 amore

              ⑥第5歌  66行 amore
              ⑦第5歌  69行 amor    計3回(各3行詩節の最後の行)
              ⑧第5歌  78行 amor
              ⑨第5歌 100行 Amor
3993          ⑩第5歌 103行 Amor    計3回(各3行詩節の最初の行)  計9回
=3×11³        ⑨第5歌 106行 Amor
              ⑧第5歌 119行 amore
              ⑦第5歌 125行 amor    計3回(各3行詩節の中央の行)
              ⑥第5歌 128行 amore

              ⑤第11歌 56行 amor
              ④第11歌 61行 amor
              ③第12歌 42行 amor    計5回
              ②第26歌 95行 amore

              ┌─────────┐
              │  amore  │
              │①第30歌 39行│
              └─────────┘
                          └── 最後の amore
```

**図12　地獄篇における「愛amore」**

けが大文字《愛神Amor》となり、ちょうど対称軸から前後《3》回連続して使用され、しかも、揃って各三行詩節の行頭に置かれている。この中心部の中心軸をなす中央の詩行103行目は、まさに最初のamoreから10番目に位置すると同時に、最後のamoreからも10番目に

第6章　『神曲』の内部システム　81

位置して、地獄篇のamoreの中心をなしている。

### 4. Amoreの規則的な配置

　まず中央部の9つのamoreに着目してみよう（図13）。amoreは《3》つの3行詩節のそれぞれ《最後（3行目）》《最初（1行目）》《中央（2行目）》に置かれている。ここからもダンテがamoreの使用回数だけでなく、場所と配置の仕方まで入念に設計していたことが知られる。

### 5. シンメトリーの中のシンメトリー

　次に、この中央部の中心をなす103行目を拡大してみよう（図14）。

　103行目の詩行は、Amor（v.100）で始まりAmor（v.106）で終る計7行の3つの3行詩節の真ん中に位置し、すべての事象はこの一点に収斂すべく構成されている。この簡潔な詩行に、ダンテは抒情詩人としてのすべてを注ぎ込んでいるが、まず音の構成から見てみよう。その音楽性はイタリア語の詩の中でも頂点を極めるものであり、多用される母音によってイタリア人の耳に最も心地よい響きを与えている。103行目の全11音節のうち、実に《7》音節が《a》の音で構成されている。（残りの4音節は《o》が2つ、《u》と《e》が1つずつ。）鋭角的な音である《i》は排除され、舌の上を転がるような《a》と《o》の音だけでほとんどが構成されている。またアクセントは、通常の詩節とは異なり、②④⑥⑧⑩

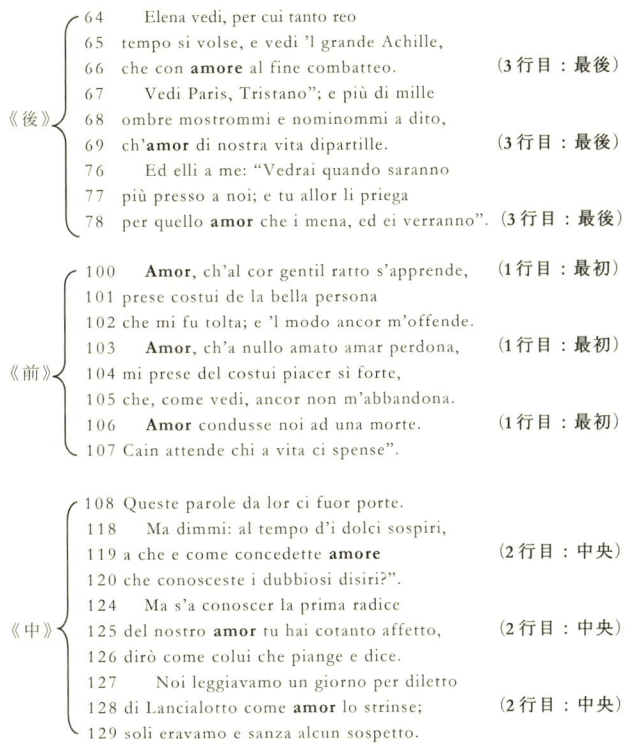

《後》
- 64 Elena vedi, per cui tanto reo
- 65 tempo si volse, e vedi 'l grande Achille,
- 66 che con **amore** al fine combatteo.　　　　　　　　（3行目：最後）
- 67 Vedi Parìs, Tristano"; e più di mille
- 68 ombre mostrommi e nominommi a dito,
- 69 ch'**amor** di nostra vita dipartille.　　　　　　　　（3行目：最後）
- 76 Ed elli a me: "Vedrai quando saranno
- 77 più presso a noi; e tu allor li priega
- 78 per quello **amor** che i mena, ed ei verranno". （3行目：最後）

《前》
- 100 **Amor**, ch'al cor gentil ratto s'apprende,　　（1行目：最初）
- 101 prese costui de la bella persona
- 102 che mi fu tolta; e 'l modo ancor m'offende.
- 103 **Amor**, ch'a nullo amato amar perdona,　　　（1行目：最初）
- 104 mi prese del costui piacer sì forte,
- 105 che, come vedi, ancor non m'abbandona.
- 106 **Amor** condusse noi ad una morte.　　　　　　（1行目：最初）
- 107 Caìn attende chi a vita ci spense".

《中》
- 108 Queste parole da lor ci fuor porte.
- 118 Ma dimmi: al tempo d'i dolci sospiri,
- 119 a che e come concedette **amore**　　　　　　　　（2行目：中央）
- 120 che conosceste i dubbiosi disiri?".
- 124 Ma s'a conoscer la prima radice
- 125 del nostro **amor** tu hai cotanto affetto,　　　　（2行目：中央）
- 126 dirò come colui che piange e dice.
- 127 Noi leggiavamo un giorno per diletto
- 128 di Lancialotto come **amor** lo strinse;　　　　　（2行目：中央）
- 129 soli eravamo e sanza alcun sospetto.

図13　9つのamoreの配置

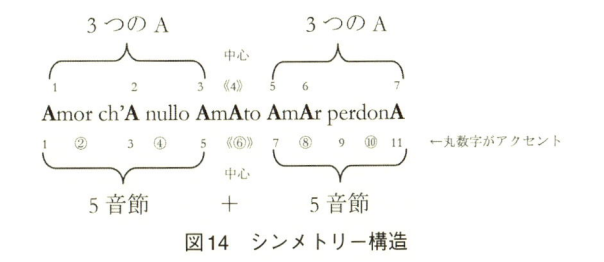

```
     3つのA              3つのA
   ┌───┴───┐   中心   ┌───┴───┐
   1   2   3  《4》  5   6   7
```

Amor ch'A nullo AmAto AmAr perdonA

1　②　3　④　5　《⑥》　7　⑧　9　⑩　11　←丸数字がアクセント
└─────┬─────┘　中心　└─────┬─────┘
　　5音節　　　　＋　　　　5音節

図14　シンメトリー構造

の倍数比をなし、一様で規則的な強弱により、ゆったりとした内省的なリズムを創り出している。アクセントが偶数に落ちているのは、おそらく偶数がこの第5歌のフランチェスカの話に最もふさわしい数であり、リズムと言えるからであろう。彼らはいつも二人を一単位としているからである。(実際、フランチェスカの語りは計20行と18行の偶数である。)また、11音節は奇数であることより、その中心点が求められる。その中心点はまた、《a》の母音の中心点ともなっている。(同様に、アクセントもシンメトリーになっている。)上下がともにシンメトリーを構成しているように、この詩行は、シンメトリーの中に更なる内部シンメトリーが隠されている好例である。また、amor-amato-amarと、類音 重 畳 法（annominatio）となっている。

　この103行目は「愛は、愛される者が愛し返さぬことを許さぬもの」という意味の詩行だが、この詩行の意味そのものが《鏡映対象としての愛》を伝えており、まさに19回登場するamoreの対称点を画すにふさわしい内容となっている。(《鏡映対象としての愛》とは、愛は、さながら鏡のように、相手から受けた愛を、相手に愛し返す。これが愛の掟であり、神こそがこの愛の創始者である。神は自身を愛する人間を必ず愛し返すからである。この愛の掟は『神曲』全体を貫く法則となっている。)実際、文体的にも受動形のamatoと能動形のamarが隣り合って、フランチェスカが鏡のように愛を反射し返

Amor, ch'a nullo amato || amar perdona.
《受動》《能動》
彼から愛された私||彼を愛する私

**図15　鏡映対象としての愛**

ている配置となっている（図15）。

　次に、語彙のレヴェルで見てみよう。まず、中心部の100行目から106行目までの訳を挙げておく。

100　**愛は**、高貴な心に、たちまちのうちに、点ずるもの、
101　　恋の炎は私の美しい身体（からだ）によって、この人を捉えたのです。
102　　わが身は奪われましたが、今もその激しい愛は私を貫いています。
103　**愛は、愛される者が愛し返さぬことを許さぬもの。**
104　　私は、この人の悦びにかくも強く囚われたあまり、
105　　ご覧の如く、その愛は、今も私を捉えて放さないのです。
106　**愛は**、私たち二人を、同じ一つの死へと導きました。

　脚韻（s'apprende-m'offende; persona-perdona-m'abbandona; forte-morte）だけでなく、パオロとフランチェスカの愛が鎖のように絡み合っていることが、語彙の対応から示されている。最初の愛Amor（v.100）はパオロの愛であり、二番目の愛Amor（v.103）はフランチェスカの愛であり、それぞれの愛が彼ら二人を摑まえる。その二つの愛は106行目の3つ目の愛で、一つの愛Amorに結合し、一つの死morteをもたらす。パオロはフランチェスカの美に捕えられ（de la bella persona, v.101）、フラン

第6章　『神曲』の内部システム　85

```
        Amor, ch'al cor gentil ratto s'apprende,          (v. 100)

             prese costui de la bella persona             (v. 101)

             che mi fu tolta; e 'l modo ancor m'offende.  (v. 102)

        Amor, ch'a nullo amato amar perdona,              (v. 103)

             mi prese del costui piacer si forte,         (v. 104)

             che, come vedi, ancor non m'abbandona.       (v. 105)

→ Amor condusse noi ad una morte.                         (v. 106)
```

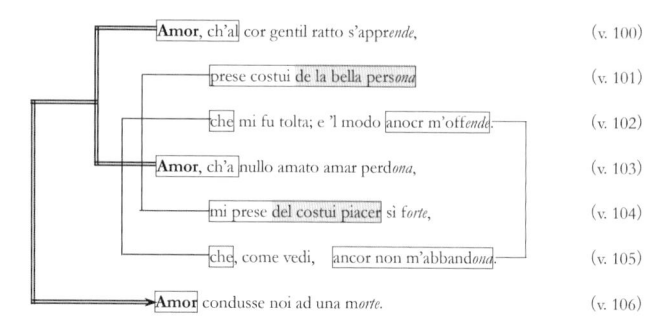

**図16 語彙の対応**

チェスカはパオロの美に捕えられる（del costui piacer, v.104）。そして、パオロの愛はフランチェスカを今もなお圧倒し（v.102）、永遠に捕らえて放さない（v.105）。この7行において二人の愛は《二本の蔦が絡み合う》[57]ように互いに絡み合い、一つの愛となっていることが示されている。ダンテは、二人が永遠に離れることなく、一緒にいるさまを文構造にも写し取っているのである（図16）。

次に、パオロの愛神（v.101：図17の左側）とフランチェスカの愛神（v.104：図17の右側）の部分だけを取り出して、対応させてみよう。両者の愛神が互いを「掴み取って」おり、両詩行は完全な対応関係に置かれている。まさに「相思の愛情は、地獄においても、地上の時と同じ強さで二人を捉えている。」[58]

Amor prese costui de la **bella persona** ⇔ Amor mi prese del costui **piacer**

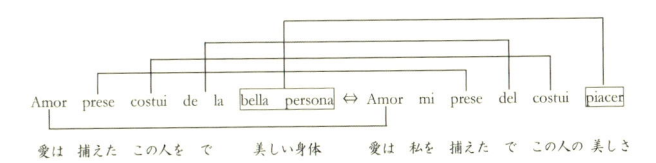

愛は 捕えた この人を で 美しい身体　　　　愛は 私を 捕えた で この人の 美しさ

**図17　愛神の対応**

## 6. ベアトリーチェ数《3》と《9》=《39》

　次に、初出の《amore》から最後の《amore》までちょうど3993行あるという点に目を向けてみよう（図12）。《3》と《9》を組み合わせたこの数自体が、すでに《39‑93》と、キアズムス数となっているが、ここにも奥深い意味が隠されている。3と9はベアトリーチェを表わす数であり、これを言葉に直せば、《愛》である。（実際、amorという語彙の使用回数は、『神曲』全体で合計《90》回［9（ベアトリーチェ）×10］である。）しかし、この愛は5に囲まれていることから、神への正しい愛ではなく、人間の誤った愛欲だということが、更には、この愛が11で囲まれていることから、罪を形成していることが知られる。なぜなら3993は$11^3 \times 3$に分解される11の倍数だからである。ここでも地獄の《amore》が指し示す罪の方向が象徴化されてい

---

57）『トリスタンとイゾルデ物語』を始めとする中世の恋愛物語では、愛し合う悲恋の恋人たちは、死後、「絡み合う蔦」として比喩される。
58）Di Salvo 1985: 90. この箇所の更なる解説は「ダンテ『神曲』」（藤谷 2009a）を参照。

る[59]。また一方で、この39-93という《3》と《9》の組み合わせは、最初と最後に置かれた《amore》がともに《39》目であることと一致している。3993行の詩行全体を、《3》と《9》に象徴される《amore》が両腕で抱いているかのような構造である。

　《3》と《9》は、ダンテ自身が『新生』の中でベアトリーチェの数であると述べているように、至るところに散りばめられたこの数は《愛》を暗示している。例えば、ベアトリーチェに対するダンテの愛がはっきりと表現される天国篇第28歌第11-12にもそれを見て取ることができる。

《愛神Amor》が私を捉えるために網に仕立てた
　うるわしいベアトリーチェの眼の中を私が見つめたとき

　この詩行は『神曲』においてダンテが大文字の《Amor》を最後に用いる箇所だが、この詩行は天国篇で通算**3900**（39×100）行目に当り、まさに《3》と《9》の倍数からなるこの数の下で、ベアトリーチェに対する言及がなされている。

　ここでベアトリーチェにまつわる構成を、もう一例挙げておこう。ベアトリーチェが『神曲』の中で初めてダンテの前に姿を現わす歌章は煉獄篇**第30歌**だが、ベアトリーチェが登場するまで、『神曲』100歌のうち、全部で《63》の歌章が費やされ、ベアトリーチェとの出

ベアトリーチェの登場以前の歌章：合計 63 歌 ─ (秘数 9) ┐
　　　　　　　　　　　　　　　　　　　　　　　　　　　　鏡映対称
ベアトリーチェの登場以降の歌章：合計 36 歌 ─ (秘数 9) ┘

**図18　鏡映対象の構造**

会いの後、残りの歌章は《36》となる。図18の如く、**63-36**とキアズムスを構成し、鏡映対称の構造になっている。

　ダンテにとってベアトリーチェの眼は常に《神を映す鏡》として描かれ、光学の鏡映対称として認識されていることから、キアズムス以外のベアトリーチェの登場も、秘数の《9》以外のシンメトリーもあり得なかったであろう。一方、秘数の中に《9》を隠したりせずに、もっと誰にでも解る明瞭な提示法をなぜ選ばなかったのかと思われるかもしれない。この問いに対して、古典的芸術観から答えることができる。西洋古典に《芸術とは技巧を隠すことである Ars est celare artem》という有名な言葉があるように、

　芸術は、かくも自身の技法（芸術）によって隠れる。
　Ars adeo latet arte sua.
　　　　　～オウィディウス『変身物語』X, 252 ～

---

59）ラテン語の *amor*（イタリア語の amore）は、すべての対象に対する合一欲求を表わし、金銭愛や愛欲、食悦といった低次の—地獄的な—愛から、高次の—天国的な—神への愛に対してまで用いられる。

これは、技巧が技巧と感じ取られることなく、自然の営みの域に達していてこそ、真の芸術となることを意味している。神がその御業の秘密を自然の中に隠しているように、こうした技巧は隠されていなければならない。神は自然法則を通して、常に背後から目に見えぬ形で自然を統御している。神の叡智が、人間理性の遙か彼方の背後にあるように、こうした象徴は、その本性上、容易にアクセスできる性質のものであってはならないのである。実際、ベアトリーチェ自身もヴェールに被われ、ダンテ自身その素顔に容易には接することができない。ダンテの視力が増すに連れ、ベアトリーチェはそのヴェールを一枚一枚脱ぎ捨てていき、最後に、その素顔を拝顔できる。「神聖なものは隠されている」(アウグスティーヌス)からであり、「聖なるものは一時にはその姿を見せないものである。聖なるものが一時に明かされることがないよう、自然もその神秘を一時には明かしてはくれない」(セネカ『自然の諸問題 Naturales quaestiones』VII, 30)からである。宇宙の縮図である『神曲』もまたその神秘を一時には明かさない。事実、こうした数の象徴が読み解かれたのは、ここ20年ほどのことであり、700年間気づかれることはなかった。芸術は技巧が隠されれば、隠されるほど、深淵な芸術となる。こうした審美観をアウグスティーヌスはこう述べている。

最も隠された意味が最も甘美である。
〜『マニ教徒ファウストゥス駁論
*Contra Faustum manichaeum*』XII, 14 〜

# 第7章

# ゲアトリマ（数値等価法）による解法

　『神曲』を読み解くもう一つの別な鍵を最後に説明しよう。神が自然の中にその手がかりを数の形で残しているのと同じように、《ゲマトリア（数値等価法）》によってベアトリーチェへ接近することが可能となる。

　古代ギリシャ人は数を表わすのにアルファベットを用いていた。今日、古典の研究者がホメーロスの『イーリアス』第1巻を $a$ 巻、第2巻を $\beta$ 巻と呼び習わしているのは、その名残である。（『イーリアス』各24巻はギリシャ語のアルファベット順にA〜Ωで呼ばれていた。）このギリシャ方式をユダヤ人も採り入れたが、この方式だと文字が数と単語の両方に兼用されるため、時として両者に混乱が生じた。単語が数字に見えてくるのである。その結果、ユダヤ人は神の御言葉を託す聖書の一字一句すべての語から数を読み取ることになる。彼らはこうして「単語に数を当てはめる」ことを《ゲマトリア》と呼んだ。「今日われわれはこれ

を《数秘学》と呼んでいる。」[60)] ラテン語ではjとwを除くa-zまでを1-24に当てはめ、人名や単語、フレーズの数を計算するのが一般的なゲマトリアである[61)]。これにより、ベアトリーチェのゲマトリア数は61（=2+5+1+19+17+9+3+5）、ダンテ・アリギエーリは118（=4+1+13+19+ 5+1+11+9+7+8+9+5+17+9）となる。

## 1. Beatriceのゲマトリア数61による構成

ベアトリーチェのゲマトリア数は《61》だが、これを強調した数がキアズムス数の《16》である。しかも、《16》は《三位一体の奇跡9》と《聖霊と恩寵7》から構成される（9+7）。天国篇でベアトリーチェの名前が、彼女のキアズムス数である《16》行目に《3》回登場する。第5歌《16》行目、第7歌《16》行目、第9歌《16》行目である。すると図19に示すような興味深い規則が浮かび上がって来る[62)]。

奇数の歌章である第5歌・第7歌・第9歌の中心をなす第7歌16行目においてベアトリーチェは《297》行

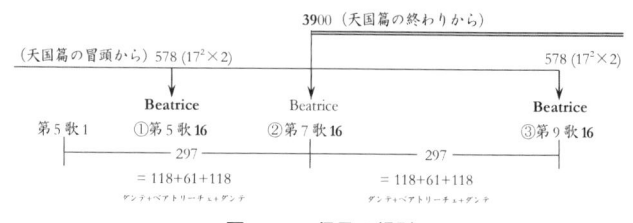

図19　16行目の規則

を軸として対称構造をなしていることが判る。《297》は118+61+118から構成される数であるが、この数字を言葉に直せば、《ダンテ118》が《ベアトリーチェ61》を左右から抱き囲んでいるという意味になる。また、①第5歌16行目は天国篇の始まりから《578》行目に位置している。ここから先へさらに同じ《578》行数えていくと、③第9歌16行目に来る。ここでも《578》で対称構造をなしている。《578》は《神の掟10》と《恩寵7》を表わす《17》$^2$×2を成分としている。さらに、中心に位置する②第7歌16行目は天国篇の終りから数えて《3900》（39×100）行目に位置している。ここでも3900である。この位置関係が偶然のなせる業ではないことが、ダンテのゲマトリア《118》においても同じ現象が生じていることから裏付けられる。

## 2. Dante Alighieriのゲマトリア数118による構成

　ベアトリーチェが自身のゲマトリア数で3回登場したのとまったく同じ仕方で、天国篇の《**118**》行目にも3回同じ語が登場する（図20）。今度は偶数の歌章である第20歌《118》行目、第22歌《118》行目、第24歌《118》行目に3回、ダンテの名前の代わりに《恩寵

---

60）アシモフ：209. 詳しくは、Villa: 1995を参照。
61）a =1, b =2, c =3, d =4, e =5, f =6, g =7, h =8, i =9, k =10, l =11, m =12, n =13, o =14, p =15, q =16, r =17, s =18, t =19, u =20, v =21, x =22, y =23, z =24.
62）この図表は、Hardt 1989: 19の記述を筆者が図式化したものである。

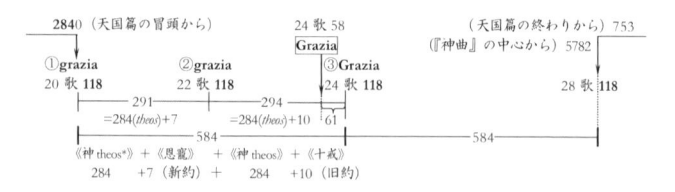

```
2840（天国篇の冒頭から）        24 歌 58           （天国篇の終わりから）753
                                Grazia              『神曲』の中心から）5782
①grazia          ②grazia        ③Grazia
20 歌 118        22 歌 118       24 歌 118                        28 歌 118
        291              294
     =284(theos)+7  =284(theos)+10  61
          584                                        584
《神 theos*》+《恩寵》+《神 theos》+《十戒》
   284    +7（新約）+   284    +10（旧約）
```

図20　恩寵《118》の連鎖
＊「神theos=284」＝ θεός
（θ=9, ε=5, o=70, ς=200：ギリシャ語のゲマトリア[63]）

grazia》という言葉が啓示されている。ダンテの名前は『神曲』において一度しか（煉獄篇第30歌55）使えない事情から、この語で代用しているのである。しかも、その方がいっそうここではふさわしい。ダンテはまさに「神の恩寵Grazia」によって天国という宇宙の頂きに立っているからである。この恩寵《118》の連鎖は、自身が神の恩寵を受けていることに対するダンテの神への感謝に他ならない。①のgraziaから②のgraziaまで291行あり、②のgraziaから③のGraziaまでは294ある。完全なシンメトリーを形成していないが、それには理由がある。③のGraziaから28歌の118行目までを584とすることによって、①〜③の584とシンメトリーの関係に置くためである。28歌の118は、後述するように、それほど重要な位置を占める。その代わり、291は《神》と《新約（恩寵）》を、294は《神》と《旧約（十戒）》を表わす象徴数となっている。恩寵は旧約と新約の道を辿っていくのであり、ダンテもその

道を辿ることで、救済へ向かうことが暗示されている。その距離584（291+294）と同じだけさらに再び辿ることによってダンテはついに28歌118に達することになる。また、天国篇の冒頭から①のgraziaまで2840行あるが、これは「神θεός」のゲマトリア数《284》を完全数《10》で強調した聖数である。一方、28歌118行目は天国篇（または『神曲』）の終わりから数えて753行目である。これは三位一体《3》を100倍した数（もしくは十字架の象徴数）300 [64] を倍加したものに（300×2=600）、神の網にかかって救われし者《153》を足した結合数である（600+153=753）。キリストが十字架《300》で罪を贖ったがゆえに、人間は天国に行くことが初めてできるようになったのであり、罪にある人間もその恩寵によって天国へと神に釣ってもらえることを表わしている。また、この28歌118行目は、『神曲』の中心行である煉獄篇第17歌125行から5782行目に当たる。すなわち、7×7×118である。この数字を言葉に直せば、《ダンテ118》は倍加した《恩寵7》によってここまでやって来ることができたことを意味

---

63) Cfr. Hardt 1993: 73. 詳しくは、次の注を参照。
64) ギリシャ文字のT(τ)は十字架の象徴とされ、ギリシャ語のゲマトリアでは300に値する。以下、ギリシャ文字の数価を挙げておく。α = 1, β = 2, γ = 3, δ = 4, ε = 5, Ϝ = 6, ζ = 7, η = 8, θ = 9, ι = 10, κ = 20, λ = 30, μ = 40, ν = 50, ξ = 60, ο = 70, π = 80, Ϻ = 90, ϙ = 100, σ = 200, τ = 300, υ = 400, φ = 500, χ = 600, ψ = 700, ω = 800, ϡ = 900. (Ϝ[ディガンマ]、ϙ[コッパ]、ϡ[サンピ]は古ギリシャ語字母) 例えば、ἀγάπη「愛」、θέλημα「意志」は数価が93で等しい。この時、両者は《同数価(ἰσοψηφία: isopsephy/isopséphie/isopsefia)》にあると言う。(使用例:J'aime celle dont le nombre est 545. 「僕はその数が545の女性を愛している。」)

している。まさに、ボナヴェントゥーラが述べたように、「**人は7種類の数を通して神の最も近くまで導かれゆく**［数は神へと導くNumerus ducit in Deum］」のである。

ところで、大文字の《Grazia恩寵》は『神曲』全体で2回しか使われていない。天国篇第24歌58行目と118行目だけである。①～③のgraziaに対して、第24歌58行目のGraziaは余分に思える。なぜダンテは、秩序だった①～③のgraziaの頻出パターンにこのような破格と思える配置を行なったのであろうか。この疑問は、第24歌58行目のGraziaの位置によって氷解する。というのも、第24歌58行目の大文字の恩寵Graziaから③の大文字の恩寵Graziaまで、ちょうど《61》行あるからである。図20のこの部分を拡大したのが、図21である。

まさにベアトリーチェのゲマトリア数《61》を通して《神の恩寵Grazia》が《ダンテ118》に運ばれて行くことが、ゲマトリア数を通じて、置かれた単語の位置によって暗示されている。実際、24歌118行は神を頌

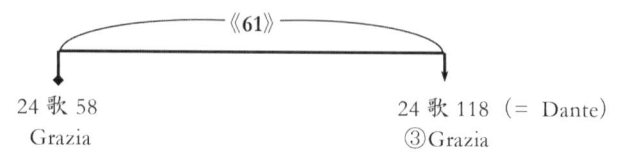

図21　神の恩寵がゲアトリマ数《61》を通して運ばれる

える感謝の言葉である。(「永遠に《ホザンナ》と称えている。perpetualmente 'Osanna' sberna.」)ダンテは言葉だけでなく、数で話す詩人であり、ダンテが言葉だけに頼らず数の象徴を用いるのは、数によって言葉を超えた感謝の念を永遠普遍の形で結晶化できるからである。

　さて、残った疑問—第28歌118がいかなる役割を果たしているか—を説明してみよう。ベアトリーチェは、他のすべての至福者たちと同様、天国界の神の座である至高天に住んでいるが、その霊的な高さ（霊格）は原動天に位置する。（天国の各至福者は自身の霊位にふさわしい天球でダンテの前に姿を見せる。）第9番目の天である原動天がベアトリーチェ天球と言われるのは、ベアトリーチェに喩えられる《9》番目に位置するからだが、それだけではない。というのもダンテは、この原動天についての解説を天国篇第27歌100行目から始めて、天国篇第29歌145行目で終えているからである。つまり、この第9天の説明に費やされている詩行は、図22に見るように、合計で**333詩行**（3 + 3 + 3 = 9）

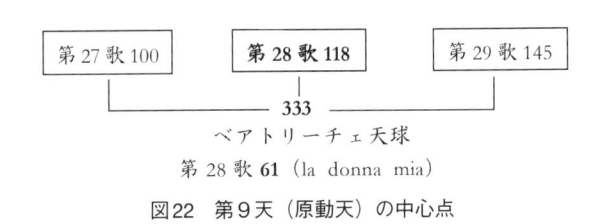

```
┌─────────────┐  ┌─────────────┐  ┌─────────────┐
│  第 27 歌 100 │  │ **第 28 歌 118** │  │  第 29 歌 145 │
└─────────────┘  └─────────────┘  └─────────────┘
       └──────────────333──────────────┘
              ベアトリーチェ天球
         第 28 歌 61（la donna mia）
```

図22　第9天（原動天）の中心点

第7章　ゲアトリマ（数値等価法）による解法　99

であり、まさにベアトリーチェその人を表わしているからである。

　一方、ベアトリーチェ天球の説明に費やされる《333》という数は奇数であることから、中心点を求めることができる。すなわち167である。これこそが、ちょうど28歌の118行目（ダンテのゲマトリア数）に当たる。ベアトリーチェ天球のちょうど真ん中が第28歌118行目に来ることにより、《ダンテ118》が《ベアトリーチェ333》によって傘のように囲い込まれている構図となる。まさにダンテがベアトリーチェの恩寵に懐深く抱かれていることを数的構成によって象徴しているのである。また、この第28歌《61》行目で、ダンテはベアトリーチェのことを「私の仕える女性 la donna mia（= mea domina）」と述べている。「私が仕える女性」とは、それが《61》（ベアトリーチェのゲマトリア数）行目で言及されていることから、名前を挙げるまでもなく、自動的にベアトリーチェを指すことになる。かくして、ダンテは言葉だけでは足らず、神の恩寵に対する感謝を、神にこそふさわしい永遠・普遍の形式を用いて（神にしか解らない隠された数的関係で）捧げているのである。

### 3.『神曲』の各篇に表わされるゲマトリア数

　地獄篇は4720行からなるが、これは **118×4×10**（= 4720）に分解できる。言葉に直せば、《ダンテのゲマ

トリア数118》と《十字架4》から構成されている。ダンテは罪を負うすべての人間の代表であり、その罪はイエスの十字架によって償われることを語っている。一方、煉獄篇は4755行からなり、これを分解すると、**118**×39+153となる。これを言葉に直せば、《ダンテのゲマトリア数118》×《ベアトリーチェの愛39》＋《神に選ばれし者の象徴数153（ペトロの網にかかった魚の数)》である。これを翻訳すれば、罪深きダンテがベアトリーチェの愛によって神の網に掬い取られることを意味する。153はまさに煉獄篇にこそ最もふさわしい数である。そして、天国篇は4758行からなり、39×61×2に分解される。これを言葉に直せば、《ベアトリーチェの愛39》×《ベアトリーチェのゲマトリア数61》×2（倍加：強調）になる。天国は、まったく罪のない清らかな世界であるため、罪人ダンテが登場する余地はない。そこではベアトリーチェがすべてを支配しているのである。このように、各界の性質がゲマトリア数によって表徴されていることを見て取ることができる。最後に、『神曲』全詩行の14233行を分解してみよう。これを《ベアトリーチェの愛39》で割ると、365になる。（14233÷39 ＝ 364,95)「中世では、一年365日は《人生vita：life》に喩えられた。かくして、ベアトリーチェで太陽年の1年が完了するように、彼女の名前の中でダンテの人生が完了し、彼女の中でダンテの人生と作品がその帰結を見ることになるのであ

る。」[65]

アウグスティーヌスは宇宙を**神という完全な詩人が書いた書物**として考えた。神はその目的に合わせて最初から終わりまでの筋書きを決め、すべての単語、音節、文字を完全に気を配って選んだ。
　　〜ジョン・フレッチェロ（スタンフォード大学教授）
　　　「ノートルダム大学での講演」（1977年）〜

---

65) Cfr. Hardt 1993: 87, 1989: 23. Hardtは一年が人生に喩えられる例を挙げていないが、9世紀頃に書かれたと考えられる『羊飼いの農事暦』の中にそうした譬えを見ることができる。「**われわれ羊飼いは人間の一生をまる一年に喩える**。（中略）そうでなければ、人の一生を一年の4つの四季として理解してもよい。」

# 結び

　全宇宙の作者Authorである神のひそみに倣い、作者authorダンテは自身の作品である『神曲』を全自然の等価物、全宇宙を映す雛形として創造した。われわれは花びらを見て、その美しさに感嘆するが、更に、その花びらの数に隠された調和や法則を知るならば、その感嘆は驚嘆の念へと変わる。数的法則に従う花びらの数は、かくも小さき存在までもが《人知を超えた宇宙の調和に従っていること》を物語っている。それは決して自然の製作者の知的遊戯などではない。花びらは、数の創造者によらなければ、自分たちが存在することができないことを告げている。ダンテの詩行に見られる数的照応関係や規則もこれと同じである。それゆえ、自然の深奥に潜む規則的な法則や数的照応関係を写し取ろうとする詩人の営為は、神を称えるダンテの驚嘆の念に他ならない。神がかくも自然を完璧に創り出したように、ダンテは人知を尽して、『神曲』を考えられる限り完璧なものに作

り上げた。『神曲』に見られる緻密で有機的な整合性は、詩人が自然の調和を自身の作品の中に再現しようと全身全霊を傾けた証なのである。自然界に一つとして無駄な存在がないよう、『神曲』の単語に一語として無駄はない。自然の中で個々の存在が他の存在と互いに関わっているように、『神曲』の個々の語は他の語と照応関係に置かれて有機的に結びついている。これがダンテの自然観であると同時に文学観でもあり、歴史観でもある。歴史の事象に偶然はなく、神の摂理に従って大いなる必然の中に組み入れられるとダンテは信じている。こうしてダンテの世界は、自然界から歴史的事象までもが互いに照応関係に置かれ、隠されたメッセージと意味を運ぶ世界となる。数の構成を自身の作品の中に浸透させる行為は、ダンテの深い宗教心（信仰心）と世界観の顕われに他ならない。なぜなら数を取り去れば、存在の何も残らないからである。

## 文献一覧

### テキスト
**Dante Alighieri**

1995a　*Convivio*, a cura di C. Vasoli e D. De Robertis, vol. II, t. II. Milano – Napoli: Ricciardi.

1985　*La Divina Commedia. Inferno*, a cura di T. Di Salvo, Bologna: Zanichelli.

1996　*Epistole, Egloge, Quaestio de aqua et terra*, a cura di A. Frugoni, G. Brugnoli, E. Cecchini, F. Mazzoni, vol. III, t. II. Milano – Napoli: Ricciardi.

1995b　*Vita Nuova, Rime*, a cura di D. De Robertis e G. Contini, vol. I, t. I. Milano – Napoli: Ricciardi.

**Diels Hermann, Kranz Walther**

1971　*Die Fragmente der Vorsokratiker*. I, Dublin/Zürich: Weidman.

**Filone di Alessandria**

1994　*Tutti i tratti del commentario allegorico alla Bibbia*, a cura di R. Radice, Milano: Rusconi.

**Giamblico**

1995　*Il numero e il divino*, a cura di Francesco Romano, Milano, Rusconi.

### 参考文献（研究書）
**Benini, Rudolfo**

1919　*Dante tra gli splendori dei suoi enigmi risolti*, Roma, Sanpaolesi.

1939 *Scienza, religione ed arte nell'Astronomia di Dante,* Rincei Accademia d'Italia, Conferenze, 3, Roma, Accademia d'Italia.

**Freccero, John**

1986 *The Significance of Terza Rima in Dante: The Poetics of Conversion,* pp. 258-271, Cambridge: Harvard Univ. Press, 1986 (poi tradotto in italiano in *Il significato della «terza rima»,* in *Dante. La poetica della conversione,* pp. 335-350, Bologna: Il Mulino).

**Guzzardo, John J.**

1987 *Dante : Numerological Studies.* New York: Peter Lang.

**Hardt, Manfred**

1989 *I numeri nella poetica di Dante,* «Studi Danteschi», vol. LXI, pp. 1-27.

1993 *I numeri e le scritture crittografiche nella «Divina Commedia»,* in *Dante e la scienza* a cura di P. Boyde e V. Rosso, Longo, Ravenna, pp. 71-90.

2014 *I numeri nella Divina Commedia,* Salerno Editrice, Roma (trad. da *Die Zahl in der Divina Commedia,* 1973, Athenäum Verlag, Frankfurt).

**Hopper, Vincent Foster**

1938 *Medieval Number Symbolism. Its Sources, Meaning, and Influence on Thought and Expression,* Columbia Universtiy Press, New York.（大木富訳『中世における数のシンボリズム：古代バビロニアからダンテの『神曲』まで』彩流社、2015年）

**Perdrizet, P.**

1904 *Isopséphie,* «Revue des Études Greques», XVII, pp. 350-360.

**Polara, Giovanni**
1982      *Gli isopsefi,* «Vichiana», Anno 11, pp. 242-253.

**Singleton, Charles S.**
1978      *Il numero del poeta al centro,* in *La poesia della Divina Commedia*, pp. 451-462 (trad. it. di *The Poet's Number at the center*, «Modern Language Notes», vol. 80, 1965, pp. 1-10). Bologna: Il Mulino.

**スエデンボルグ イマヌエル（Swedenborg Emanuel）**
1968      柳瀬芳意訳『啓示による黙示録解説』（上）（下）、静思社。
1969      柳瀬芳意訳『天界の秘義』第2巻、静思社。

**Taschner, Rudolf**
2005      *Der Zahlen gigantische Schatten*, Friedr. Vieweg & Sohn Verlag, Wiesbaden.（ルドルフ・タシュナー『数の魔力：数秘術から量子論まで』鈴木直訳、岩波書店、2010年）

**Vallone, Aldo**
1975      *Interpretazioni del «numero» dantesco*, «Nuova Antologia», vol. 525, fasc. 2098, pp. 227-234.

**Villa, Nereo**
1995      *Numerologia Biblica. Considerazioni sulla Matematica Sacra*, SeaR Edizioni, Borzano.

**Vinassa de Regny, Paolo**
1988      *Dante e Pitagora*, I Dioscuri, Genova.

**藤谷道夫**
2008      「ダンテ『神曲』の数的構成について」、『帝京大学外国語外国文学論集』第14号、pp. 45-90。

2009a 　『イタリアのオペラと歌曲を知る12章』（嶺貞子監修、森田学編）東京堂出版、pp. 10-35。
2009b 　「ダンテ『神曲』の幾何学的構成について」、『帝京大学外国語外国文学論集』第15号、pp. 27-64。
2012 　　「『神曲』の形式《シュンメトリア》〜四項類推と空間転写〜」、『帝京大学外国語外国文学論集』第18号、pp. 89-135。
2015 　　「『神曲』におけるarmonia」、『イタリア学会誌』第65号、pp. 1-36、イタリア学会編。

**文献案内**
　ダンテの数的研究に関する邦文文献はわずかしかない。最も詳しいのが、上記のホッパーの著作だが、戦前の研究（1938年）であるため、肝心な近年の数々の大発見を知ることができない。同じく、乏しい記述ではあるが、E. R. クルツィウス『ヨーロッパ文学とラテン中世』みすず書房、1971年の第17章「ダンテ」および余論「XV. 数に基づく構成」を参照できる。数秘学の一般的な概説書としてはジョン・キング『数秘術〜数の神秘と魅惑〜』（好田順治訳）青土社、1998年を挙げることができる。

## 刊行にあたって

　いま、「教養」やリベラル・アーツと呼ばれるものをどのように捉えるべきか、教養教育をいかなる理念のもとでどのような内容と手法をもって行うのがよいのかとの議論が各所で行われています。これは国民全体で考えるべき課題ではありますが、とりわけ教育機関の責任は重大でこの問いに絶えず答えてゆくことが急務となっています。慶應義塾では、義塾における教養教育の休むことのない構築と、その基盤にある「教養」というものについての抜本的検討を研究課題として、2002年7月に「慶應義塾大学教養研究センター」を発足させました。その主たる目的は、多分野・多領域にまたがる内外との交流を軸に、教養と教養教育のあり方に関する研究活動を推進して、未来を切り拓くための知の継承と発展に貢献しようとすることにあります。

　教養教育の目指すところが、単なる細切れの知識で身を鎧うことではないのは明らかです。人類の知的営為の歴史を振り返れば、その目的は、人が他者や世界と向き合ったときに生じる問題の多様な局面を、人類の過去に照らしつつ「今、ここで」という現下の状況のただなかで受け止め、それを複眼的な視野のもとで理解し深く思惟をめぐらせる能力を身につけ、各人各様の方法で自己表現を果たせる知力を養うことにあると考えられます。当センターではこのような認識を最小限の前提として、時代の変化に対応できる教養教育についての総合的かつ抜本的な踏査・研究活動を組織して、その研究成果を広く社会に発信し積極的な提言を行うことを責務として活動しています。

　もとより、教養教育を担う教員は、教育者であると同時に研究者であり、その学術研究の成果が絶えず教育の場にフィードバックされねばならないという意味で、両者は不即不離の関係にあります。今回の「教養研究センター選書」の刊行は、当センター所属の教員・研究者が、最新の研究成果の一端を、いわゆる学術論文とはことなる啓蒙的な切り口をもって、学生諸君をはじめとする読者にいち早く発信し、その新鮮な知の生成に立ち会う機会を提供することで、研究・教育相互の活性化を図ろうとする試みです。これによって、研究者と読者とが、より双方向的な関係を築きあげることが可能になるものと期待しています。なお、〈Mundus Scientiae〉はラテン語で、「知の世界」または「学の世界」の意味で用いました。

　読者諸氏の忌憚のないご批判・ご叱正をお願いする次第です。

　　　　　　　　　　　　　　　　　　　　慶應義塾大学教養研究センター所長

藤谷道夫（ふじたに みちお）
慶應義塾大学文学部教授。広島県庄原市出身。筑波大学大学院文芸・言語研究科にて西洋古典学専攻。1986年文学修士を取得後、1988年までイタリア政府給費留学生としてフィレンツェ大学に留学。1991年筑波大学博士課程修了。
専門はルクレティウス、ダンテ、『神曲』、ラテン文学、イタリア文学。特に、ダンテ『神曲』の研究と翻訳、とりわけ西洋古典学、哲学、自然学、キリスト教神学の視点から多角的に行なっている。

慶應義塾大学教養研究センター選書15

### ダンテ『神曲』における数的構成
L'architettura numerica della *Divina Commedia* di Dante Alighieri

2016年3月30日　初版第1刷発行

| | |
|---|---|
| 著者 | 藤谷道夫 |
| 発行 | 慶應義塾大学教養研究センター |
| | 代表者　小菅隼人 |
| | 〒223-8521　横浜市港北区日吉4-1-1 |
| | TEL：045-563-1111 |
| | Email：lib-arts@adst.keio.ac.jp |
| | http://lib-arts.hc.keio.ac.jp/ |
| 制作・販売所 | 慶應義塾大学出版会株式会社 |
| | 〒108-8346　東京都港区三田2-19-30 |
| 装丁 | 斎田啓子 |
| 印刷・製本 | 株式会社 太平印刷社 |

©2016 Michio Fujitani
Printed in Japan　ISBN978-4-7664-2338-9

## 慶應義塾大学教養研究センター選書

1 **モノが語る日本の近現代生活**——近現代考古学のすすめ
桜井準也著　　　◎700円

2 **ことばの生態系**——コミュニケーションは何でできているか
井上逸兵著　　　◎700円

3 **『ドラキュラ』からブンガク**——血、のみならず、口のすべて
武藤浩史著　　　◎700円

4 **アンクル・トムとメロドラマ**——19世紀アメリカにおける演劇・人種・社会
常山菜穂子著　　◎700円

5 **イェイツ**——自己生成する詩人
萩原眞一著　　　◎700円

6 **ジュール・ヴェルヌが描いた横浜**——「八十日間世界一周」の世界
新島進編　　　　◎700円

7 **メディア・リテラシー入門**——視覚表現のためのレッスン
佐藤元状・坂倉杏介編　◎700円

8 **身近なレトリックの世界を探る**——ことばからこころへ
金田一真澄著　　◎700円

9 **触れ、語れ**——浮世絵をめぐる知的冒険
浮世絵ってどうやってみるんだ?会議編　◎700円

10 **牧神の午後**——マラルメを読もう
原大地著　　　　◎700円

11 **産む身体を描く**——ドイツ・イギリスの近代産科医と解剖図
石原あえか編　　◎700円

12 **汎瞑想**——もう一つの生活、もう一つの文明へ
熊倉敬聡著　　　◎700円

13 **感情資本主義に生まれて**——感情と身体の新たな地平を模索する
岡原正幸著　　　◎700円

14 **ベースボールを読む**
吉田恭子著　　　◎700円

表示価格は刊行時の本体価格(税別)です。